没有的
meiyoude

生活
shenghuo

言 叔夏_著

台海出版社

图书在版编目（CIP）数据

没有的生活 / 言叔夏著 . -- 北京：台海出版社，2020.10

ISBN 978-7-5168-2676-8

Ⅰ . ①没… Ⅱ . ①言… Ⅲ . ①散文集—中国—当代 Ⅳ . ① I267

中国版本图书馆 CIP 数据核字 (2020) 第 139077 号

北京市版权局著作合同登记号：图字 01-2020-2935

本书由台北九歌出版社有限公司授权出版

没有的生活

著　　者：言叔夏
出 版 人：蔡　旭　　　　　　　　封面设计：吴黛君
责任编辑：俞滟荣

出版发行：台海出版社
地　　址：北京市东城区景山东街20号　　邮政编码：100009
电　　话：010-64041652（发行，邮购）
传　　真：010-84045799（总编室）
网　　址：www.taimeng.org.cn/thcbs/default.htm
E - mail：thcbs@126.com

经　　销：全国各地新华书店
印　　刷：唐山富达印务有限公司

本书如有破损、缺页、装订错误，请与本社联系调换

开	本：620 毫米×889 毫米	1/16	
字	数：176千字	印　张：	14
版	次：2020年10月第1版	印　次：	2020年10月第1次印刷
书	号：ISBN 978-7-5168-2676-8		
定	价：49.00元		

版权所有　　翻版必究

寻找着一个地图上没有的地方。

花上一整个冬日去凝练一个喜欢的词。

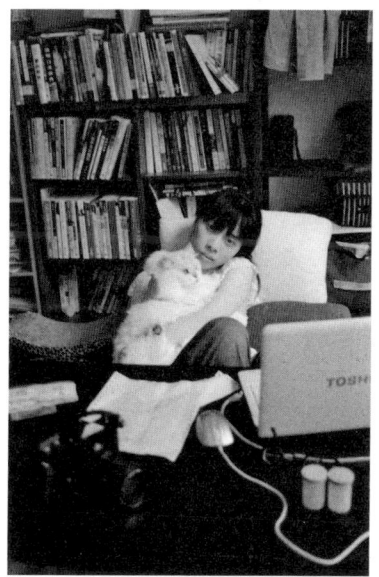

别在猫面前换衣服。

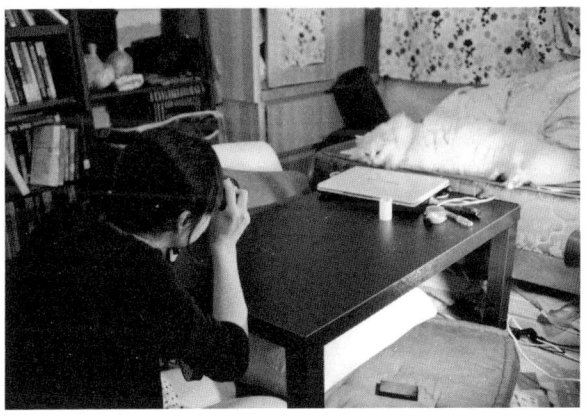

地板必须有猫长年横躺瘫痪。

冬天应该是一只很渴的动物。

"之间"的风景

——读言叔夏《没有的生活》

韩丽珠

记得在某个冬日的早晨,读着《白马走过天亮》,多风的上坡道、窄室里的隐居、林投树上的猫尸体、祖母嫩粉如婴的遗体、失去所有玻璃窗的房子……杂沓的意象像雨洒落,翻搅着心里沉淀了多时的事。翻着书页,我感到自己坐在一辆车子上,窗外是作者布置的风景,车子穿越了黧黑的山洞、密云的天空、多风的旷野,我从车窗上看到自己的倒影。

读着言叔夏的文字，总是无法把那些文字归到任何类别，因为任何类别也不尽准确，或许，她的文字属于许多的"之间"，例如，公共与私密"之间"，小说和散文"之间"，小说和诗"之间"，黑夜和白昼"之间"，幽暗和清晰"之间"，文字和电影"之间"，能说和说不出"之间"……对我来说，无数的"之间"编织成了她的文字之魅。

我没法把她的文字读成散文，因为，她总是擅长撷取"真实生活"然后制成标本。从她的第一本文集《白马走过天亮》至《没有的生活》，熟悉的人物一再登场：离家出走的爸爸、孤独背起沉重的家的妈妈、充满神秘智慧的祖母和亲近又疏离的妹妹，他们共同建起了在文字之间阴云密布又时而闪现瑰丽彩色的氛围，然而，那却并非某种约定俗成的家族梦魇，而更近似于一个诡异而耐人寻味的童话，原始的童话色彩斑斓的同时非常残忍。某种残忍能道破真相，因此，有时候，残忍容易令人沉迷。

我总是记得，那个在《无理之数》（收录于《白马走过天亮》）中出现过的爸爸和妈妈。属于爸爸和妈妈这两个人物的身影，并非由坚实的个性组成，而是，各个分裂的片段，藏在心的底部的回忆腌制品。例如在《无理之数》中，那个留下一堆债务然后离家出走消失不见的爸爸,多年后毫无先兆地跑到女儿的大学,借词借款,女儿却回想起,这个爸爸曾经每天下班后教她各种艰深的算术题,直至升上高中之前,卡在一道无法继续前进的复杂开方根里,终于承认他读书不多,再也无法教她什么了。她忽然明白,那原来就是真正的道别。

直至《没有的生活》,爸爸再次在另一个回忆碎片中出现,一个在假日常常带着女儿爬山的人。在《刺点》中,作为女儿的叙事者,走在一条狭窄的山路,脚下的路愈来愈小终至没有,她下意识抓紧前面的父亲的衣角,一只手伸过来牵着她走完全程,在光亮处她才发现,一直牵她的其实是个陌生男人。所谓"父亲"的原型,在不同的人的心底里,折射出不同的倒影,端看作为原型接收者的人,如何解读各个回忆的片段。在记忆中,所有饶富意义的刺点,本来就是一种执念和情结,组成了关系的绳索。读到《刺点》中,被错认作爸爸的男人,光洁的笑脸,我想到父亲的原型一旦被视作一张照片移开,每个人或许都会发现,自己的父亲原来从不是自己所以为的那人。

也是在《无理之数》中出现过的,骑着摩托车载着叙事者女儿穿梭各个村子的母亲,到了《没有的生活》,在成年女儿相继迁居后,她独自守着老房子,偶尔在与叙事者女儿通电话的时候，说出以下的对话：

"别吃那边的野菜。野外的东西都有毒。"

"还有，别在猫面前换衣服。"

"为什么？"

"那还用说，当然是因为人类无法知道猫到底看到了什么啊！"（《野菇之秋》）

这让我不小心笑了出来。在文字之间某种猝不及防的幽默，或许跟言叔夏如迷宫般精致的意象运用，其实出自相同的源头。

"洞"是她喜欢使用的意象。她笔下的洞，曾是叙事者始料不及的阴影，她以为既然把苹果从桌子上挪开，并不会在桌上留下任何影子，那么，把爸爸从心上移开，理应不留痕迹，不过，爸爸留下的洞却一直被吹进呼呼的风（《无理之数》）；洞是，叙事者曾经独自租住过的不同的穴居的房间，洞也是，祖母所形容的人的身体，"只要呼吸，孔嘴就会发出呜呜的声响，让神听见。"（《零》）

洞是，图书馆的深处，也是叙事者到大学教课，那个位于地底的课室。

洞是什么？就是包裹在世界凹陷处的另一个世界。言的文字，其实也像从洞穴传出的声音，有着很深很远的回响。

我记得某年的初春，在香港一个关于写作课的研讨会上碰到言叔夏，她的演讲内容，正是她从写作课的学生到写作课的老师，其中一些深刻的片段和反省，其中谈到她在写作课上播放的电影。我总是认为，看一个人怎样编排他的写作课，就会知道写作在他心里的横切面。

而电影，其实也是洞里发出的微光。《没有的生活》布满了电影的痕迹，《他人之脸》、《无言的山丘》、蔡明亮、寺山修司、《田园に死す》……但留在我心里的，却并不是这些片子的名字或情节，而是书中的文字，以电影剪接般结构，把处于真实和虚假之间的事件，采用类似洞穴电影的方式接合。例如《冬的图书馆》，开首的画面，就是河堤旁的图书馆，面目神秘，名为"梅"的女管理员，给叙事者指引一本书的位置，在另一所图书馆。叙事者没有按照她的方式寻找，只是在如洞窟般、人烟稀少的图书馆内漫步，终于找到藏在心里的中学里的图书馆,她在书、书的作者名和内容之间,放空和埋藏。

或许我喜欢的是这样的文字的节奏,在小说和散文"之间",在现实和虚构"之间",在亲密和疏异"之间"……我恍惚可以搭上一辆开往不知名方向的列车,车窗外,有作者在洞穴里编撰的风景。

(韩丽珠:写小说,曾出版《空脸》《失去洞穴》《离心带》《缝身》等,亦著有散文集《回家》。)

■ 目 录

辑一　地平线

坂上之冬 ...002

"你那边几点？" ...006

卖梦的人 ...012

一九九九 ...020

从前从前有位 KKman ...025

一〇年代记 ...029

冬的图书馆 ...033

野菇之秋 ...038

山丘女子 ...041

什么都没有的地方 ...046

没有的生活 ...051

辑二　某城的影子

某　城 ...058

C 城的红花 ...063

塔 ...069

黑　牙 ...077

绝食表演者 ...079

卖艺人 ...085

交　谈 ...091

壁上的字 ...098

学生宿舍 ...104

在车上 ...109

天涯歌女 ...118

辑三　天黑以前

某傻子的一生 ...126

食人花 ...129

圣婴诞生马槽时 ...134

数学课 ...138

南方故事 ...144

刺　点 ...150

零 ...155

睡美人 ...161

黑太阳 ...167

天黑前的夏天 ...174

故乡的重量 ...180

花事了 …185

年与它的剩下 …190

妻子的猫 …195

辑一
地平线

坂上之冬

冬天到了就想把房间埋进坡道里,种子一样地过冬了。或者将车子开着开进了河道里,让河底芦苇掩漫了我。冬天里的心底总有几根触须是不着边际的。它们脚尖一样地往下蔓生着地底般的藤蔓。不到季节的一半,是触不到地的。这样的日子阒静无声,适合祈祷:最好什么人也找不到我。电话永远止息。永远静音。永远不在通信软件的在线显示痕迹。

朋友间谈起（当然是传讯）：啊她大概睡觉去了。不知现在做些什么呢。仿佛谈论一只地底动物。这样活在一个谁也不知道的次元里，感觉米心一样地被凝固在什么的里面。半透明的薄膜外，传来窸窣的交谈声响。是冬雨在晴朗的夜晚，终于被低气压的云带，带到了我的窗外吧。冬天的夜深起来像有指爪长长地刮过窗玻璃，留下一道细细痛痛的什么。

细细痛痛的是什么？大抵不会是回忆。三十数岁谈回忆，往前与往后都是尴尬。它像是冬日夜晚暖炉旁的糖块，烤得融的是糖霜，烤不融的则是冬雪。而我知道冬日之后的春阳必会融刷掉表层的霜雪；融掉以后，还有更深更硬的积累凝固在那里，年复一年，要用一整轮季节的时间来倾轧。

但冬日，却真正是属于回忆的。回忆里最深最硬的冰层，凝冻着白垩纪的长毛象。亚热带的岛上没有冬雪。我能喜欢的冬日是灰扑羽毛般的阴天，鸽楼一样地从早晨乃至傍晚将整个屋子兜头罩下，一整天就有了那种低频率的无时间性。走到哪里都像有一只黑鸟尾随。那使我感觉一日里就都拖带着一个昨夜的梦在白日行走。冬日的早晨里我蓬着头发起床，在暖炉边烧一壶水。而后的一日，就这样在睡衣的外边披着毛呢厚外套，踩一双旧毛袜在街上走过来走过去。买菜。吃食。上洗衣店。搭一小段电动巴士回到坡上的屋子。因为那冬日的大鸟羽翼般地遮蔽了我的侧脸，使我无论走到了哪里，都像是隐形一般地，适于发生一些小说背面的故事。譬如跟踪一个车站出口的女人回家。譬如沿途依指示摆放电线杆的位置。

冬日里也有几个喜欢的词，摊上水果那样地带回家，放在枕下孵着。一枚十元成本低廉地养大再养大。等春日融了带上市场去卖，养小鸡似的。一年的几个季节之中，唯有冬季，使我感觉自己真正是个卖字维生的人。在暖炉前烘着烤着一块两块字词，手艺人那样地将年糕烤至蓬松酥软，薄且透光。譬如可以花上一整个冬日去凝练一个喜欢的词叫作高原。在冬日里，谈论高原完全是一件时间性的事。与地理无涉。与地形的演化分布亦无涉。它像是一个终年不断旅行的旅人，在历经了一整个冬日的长久跋涉后，终于抵达的最后一个上坡，来到一个一望无际的平坦旷原。往前与往后，没有山棱、没有房舍。

是在这样无时间性的冬日里，公寓被悬宕在一座坡道上，回忆也是。十二月里风干所有悬吊的一切，使我感觉自己即使拥有回忆，也是一个干净得一无所有的人，可以用心上尖尖的钩子把自己悬挂在阳台。电视机的天气预报里有一个女人说话的声音,透过电视音管的噪声唰唰,显得窸窣。她说:北极涡流严重溢出,西伯利亚等地急速冷冻。西伯利亚在什么地方?一整个下午,就有一个漩涡在我的脑海中转着。女人的声音不知消散到什么地方去了。

但这些终究是冬日里苍白的话语。有时我想,和冬日有关的一切,仅只是因为它是如此暗示着各种终结。一年里总有一座悬崖吊挂在季节的最末。离开一张书桌,在洗衣店,我投币等待三十分钟的滚筒,静谧地将白日压碾过去。我喜欢在冬日黄昏的洗衣店里,安静地将一日的话语倾倒与清洗。冬日的衣服不怎么脏,于是那样的清洗,只是一种每日的练习;关于这个冬天里的今日与昨日,还有那不断重来的明日,衣袖交缠着衣袖,像是手勾着手,在洗衣机翻涌的透明玻璃里,缠搅在一起。今天是星期几呢?黄昏的天色很快地倾塌了下来了。有一瞬间我不知道自己是身处在一条坡上,还是一座空旷的高原,因而忽然感到空气稀薄了起来了。冬日里总有一些无关紧要的问题,不用手指滑过荧幕,是不会流星般地在日子里留下光痕的。有些脸也是。

"你那边几点？"

几年没再看过蔡明亮的电影，我以为我的"蔡明亮时间"早已停了，停在大世纪戏院拆掉的那几年，停在淡水线仍笔直地穿越古亭、公馆，抵达城南时的钟面。那笔直里有一种俨然，像二十世纪地层的某种沉积。捷运的地底车厢轰隆隆开碾过来，又轰隆隆地开碾出去。轨道日日摩擦，发黑且热。有些什么被硬生生地活埋，有些什么成为出土陈迹。而罗斯

地平线

福路以南，有幢二轮戏院，隐晦地夹在楼与楼的隔层间。冬日的蕈状云帽子一样地笼罩这个城市时，我像只鸽子一样地躲进了那夹层的放映室里，拉拢了大衣的领口。那老旧的漆黑盒子是一口井，适于将白日深埋，然后在黑盒子里长出一棵树来。白日里所有人都去了哪里了？和我一样躲进一建筑物的肚子里，用各种天花板将自己遮蔽？咖啡馆、电影院、办公楼、百货公司、地铁车厢……正午的黑暗在电梯里摩挲滑移，攀升与飞落。电影结束，天花板的昏黄灯光亮起。那甫在电影里死过的女子，明日又将在同一个时间里再死一次。我走出洞穴般的放映室，感觉迎面而来的刺目的白日光线，河流一样将我消融、吞噬。

二轮戏院的票口总有一个卖票女子。没露出脸孔，只从小窗的缝隙里张望出一对眼睛来。多年以前看了《美丽在唱歌》，我也曾想过中文系毕业以后就成为一个卖票女子，终生在一个小窗里兜售各种故事。这个想法如今想来浪漫得不可思议（且被我的友人诸君笑谑多年），甚至连卖票女子的时薪几多也全无概念。或许只是因为那窄小票口里所透露出来的一双眼睛，让人感觉故事的气息。年轻的时候，我老分不清小说家和小说里的人物，究竟有什么区别？或许那些年里，我想成为的并不是小说家，而是小说里的人。

真正在城市开始生活、工作，才知道那"票口女子"在社会的各种行业分类被归为"服务业"，卖的是东西，而不是故事（但近年来许多地方比如火锅店也卖起故事了）。一部电影和世上任何货物并无二致。且在资本主义的输送带上，那电影本身和这小窗里的一普通女子乃是无甚关系。输送带"啪嗒啪嗒"的起落声响。断裂。断裂。还有断裂。罐头与罐头之间的断裂，就是你和你自己唯一的相关。真正产生关系的只有电影和电影自己。我的志愿其一充分显示了文学院学生的不谙世故，其二则暴露了我的认识论技术：世界的真相是一条绳索，在第一个打结处标志记号，那么沿着绳索摸索到了第二个打结处，我们就能辨识出第一个结的意义。我想我着迷的始终是第一个房间。房里的女子叫作美丽。晴日在屋顶歌唱，雨日就把头埋进沙堆里哭泣。偶然遇见另一个也叫作美丽的女子，仿佛镜子里美丽的自己。

这些放映室都像一种起源。像二十世纪光里一个逆光拊掌前行的起源。没有逻辑与轮廓。创世纪的神话如此任性，谁都知道神说要有光，于是就有了光。我记得第一次在十八岁的放映室里，看到了蔡明亮的《河流》。电影开头是另一部电影，苍白的画面上不知为什么河里要浮一个人上来，也不知道这个浮上来的人上岸以后，脖子为何竟歪斜了。歪脖子的男子骑车时,他父亲就在后座扶着他的头。投影机的光束,河水一样地自我们上空流过,搁浅在放映的布幕上。尔后电影进入了一个隧道般的黑暗。收音麦克风收进的是放映室外的日常喧声。我应是做梦去了。梦里的声响窸窣。恍惚间醒来时,一切都静极了。漆黑的布幕里隐约看见两个交叠的男体。水流的声响哗啦啦啦啦。灯亮。父亲苗天给了儿子一巴掌。河流便安静下来了。

那样的电影是什么意思?有时我隐遁进城郊的一座老旧电影院,看一百二十分钟电影里的人走路,吃饭与便溺。安迪·沃荷的命题:为什么我要耗费一段和现实等长的时间,在一个虚构的故事里?不为故事,只为了等待?等待时间过去。等待帝国大厦的一天齿轮亮了又暗,光影打在黑白的窗格上,既像是光,又像只是抹擦涂白一样。在电影以外的其他地方。那既是影像之内也是影像之外的同一个街衢,我与电影里的人,走来走去都像是走在同一个城:哭泣的女人。废弃的工地。来不及抵达的九〇年代的台北城。新栽矮树的大安森林公园(如今那些树似乎仍枝骨细干,没有被时间环抱加粗)。抱着售屋广告牌爬上车顶的女子在这里用哭声把电影全部哭完,整整六七分钟。哭声结束。投影机的光束暗了下去。放映室里的灯却亮了起来。世纪初的洪水与方舟正从天降落。

那雨水上漂荡的其实不是方舟,而是壁癌脸一般五官掉落的公寓。还有那同一批演员搬进搬出的电影布幕,几乎让人分不清这部电影和上部电影,究竟是不是仅只是换过了一个房间,仍还上演着同一个故事?于是那故事如此轻易地便翻越了荧幕的屏障,抵达放映室里的我,跟随着我再走一遍消失的天桥,被拆迁的戏院。城市里的高楼起了又落。重庆南路的秋海棠,某日以后就原地消失了。消失的意思是:不见。没有什么会真正留下来。死亡。死亡就是死亡。死不足惜。死不足惜的意思是:没有什么会真正可惜你。

"你"是受词。"你"在那样日以作夜的倾轧里,把白天当作夜来活。你想起大四终于要离开那所大学的夏天,文学院的中庭阶梯前,搭起白幡一样的电影幕布。毕业前的露天电影。据说那白布是几届前的学姊从葬仪社买来的。不知那布幔是否原是打算拿来覆盖死人的?夜安静下来了。在时间里死过一回的人皮影戏一样地又在布幕上动了起来。你于是想起了那放映室里的第一部片。在某些摇晃的年岁里,你与一些人,真的是那样河流一样地汇流在一起的;不为什么,只是因为河水的流速在人生的某一段航道里,很自然地把大小与质量类似的石头,冲积在一起而已。

那样的放映室,三角洲,种子一样地被遗留在某一天,随着你二三十世代间的小型迁徙,动物般地被演化的锋刃削去,最后退缩成为你脚下的一方斗室房间。这次搬迁你又有新的房间了。即使每个房间,都像是上一个房间的膨大、缩小或变异。你会否还记得搬进台北的第一个九月,雨几乎是从你踏进这城的第一步开始便大滴大滴地掉落下来?像一则遥远的中南美洲小说。一个故事要开始的时候,总有雨声相互问候:很久很久以后,你永远会记得你父亲带你去找冰块的那个下午……故事还没开始,时差已经存在了。先于故事而开始的时差,像一个幽森的鬼魅。过了十数年才懂得,"你那边几点?"其实是一个从不等待答复的问题。

卖梦的人

晚上偶然重看了敕使河原宏的《他人之脸》。多年前买的片子了。真的是好雷奈的一部片。在 Media Player 上快转之际,惊觉几年以前的自己,真是多么耐烦,可以花很长的时间,鼹鼠般地窝在图书馆的电影播放座里,像守着一个洞窟般地,直至天黑。天黑以后我背起包包,走入校园无边的黑暗之中。夜里的风流线一样地穿过了身体的孔洞,把我针一般地提挂起来。

我常跟学生们一起看电影,在黑漆漆的课堂上。不看雷奈。看一些色彩斑斓的王家卫物事。某次看了一百零一次的令人讨厌的松子,影片播完以后教室的灯未亮,黑暗中隐约传来窸窣的啜泣声。那声音既压抑而隐忍,像一块石头沉甸甸地积压着一整口深不见底的地井。井底隐然有动物。后来我没有开灯,在黑暗中假装摸黑讲完了最后的五分钟。钟声响了。我说下课吧。学生们便河流般地纷纷流出了教室了。

我从来不知道那声音的主人是谁。他为何哭泣?但却有点珍惜这样的感觉。我第一年教书时,教室在一幢多媒体大楼的地下二楼。加退选结束后课室异动,又往下掉了一楼。原来这幢大楼整个地下有四五层楼之深,仿佛迷宫。每间教室理所当然地无窗。不开灯时完全漆黑,而且遍布着那种人工空调的奇怪洁癖之感。教室的墙壁永远刷白,永远有那种初完工般的簇新清洁,几乎要嗅闻出几何形状的油漆气味。天花板则一律低矮,维持着一种与日光灯管的极亲密距离。不知是否是我整夜没睡的激素分泌之故,事实上这方正而冷冽的空间里根本没有什么油漆气味,是那盘根错杂却又井然有序的地底空调缆线,让我有了漂浮于另一无菌而尖锐次元的错觉。

那是我刚进博士班的一两年。国文课经常被安排在早上八点。我那从大学时代即日夜颠倒迄今的恶习,又经常使我在工作了一整个夜晚后的清晨里,直接顶着渐渐光亮的天色出门去上课。从一个地洞前往另一个地洞,中间必须途经一个曝光且反白的清晨。这段路程像是一段摇晃的隧道。无有危险,且光亮一如普通日常,却总是让人产生一种漩涡般的晕眩。捷运关门前的鸟鸣声。车厢里昏睡而植物般东倒西歪的高中男生们。还有那从车站出口浮出地表时、一整片曝人的白色光线。这光线往往来得太过奢侈,令人不知所措,且让整条街道的景物清晰得几乎像是用刀片割划出来的。因为整夜没睡的缘故,我总是有一种背着一整个白日的重量在路上行走的感觉。

我不知道我的学生们是不是也是在这样的清晨,鼹鼠般地从自己的地洞中起床,梳洗(或不梳洗),携带那桃太郎般最终喂食给他动物伙伴们的早餐,驶过一条洪流般的白日隧道,来到这个我们共有的地底洞窟。我第一年教书时正是2000年过后的第一个十年。第一批学生跟我相差将近十岁,这个差距年复一年地增加，无可挽回，且从无余地。仿佛从火车的最后一节车厢开始往回走，起点远远落后，而终点则漫无所终。十年前我从另一个洞窟房间抵达一堂早晨八点钟的课，教室的四周都荫翳了。心理系来的老师在讲台上演练催眠：放松。放松。你的身体是一架自动驾驶的系统。走路的时候，你并不会一直注视着你脚下踩踏的每一个脚步，有没有真正对齐地砖的缝。

十数年过去，我早已忘记在那堂课上学到了什么，却始终记得这段话，像一个梦境边缘的泡沫薄膜，护持着那段时光里的所有记忆，形成一种类似边界的东西。那时我们在那东部遥远而荒僻的小村大学里骑车。从谷地的一头到另一头，去一幢孤独的塔楼。那些建筑的夜晚回廊都曲折而弯绕，充满夹缝与死角。那些黑夜里教室外的昏黄树影与灯都摇晃如同水草。我究竟看到了什么呢？又或者我什么也没看到。我所看到的，仅仅只是心上的倒影罢了。写作的第一堂课，年轻的H老师说，我们来读罗兰·巴尔特吧。冰点般的空白零度，降落在忧郁的热带。第二堂课的讲义封面，努了努嘴角的倔强史陀说，我讨厌旅行。我恨探险家。

回想起来，那究竟是一个什么样的年代呢？万事无声，未有字词，只能伸手去指。指头的彼端，黑暗的洞窟教室，H像个魔术师那样地从帽子里拖拉出一长串的花。教室上方的投影机里有一束光，它忽然就河流般地倾斜灌注进荧幕了；《碧海蓝天》。《四百击》。《哭泣与耳语》。支支都是硕大厚重的VHS规格。后来我在赖香吟抑或邱妙津的小说里读到，才惊觉那根本是九〇年代初复兴南路"太阳系"MTV的史前遗迹，被整座小型放映室那样原地搬迁过来，降落在二〇〇〇年后东部小村的学院里。九〇年代末甫来花莲教书的H会不会是某种遗族呢？像马康多村庄里远来的一个盗梦的人，偷偷带走上个世代的整座教养流浪到这东部荒僻的村落，在文学院那凹陷曲折的、仿佛被折起来的教室里，一夜一夜地播放。那些片子多半沉默得像是一个晦暗的梦境，像一种集体催眠。我老是看着看着就陷入了睡眠的漩涡。亚伦·雷奈真是好睡。塔克夫斯基简直睡进了梦的肌理了。但《镜子》的最末，烧掉房子的那一幕我倏忽转醒了过来。在空调极强极冷的暗黑洞窟里，依稀看到教室前方的投影荧幕上，炽烈而燎原的火光。整个教室都是那种烧进了房屋骨架里的"噼啪"声响。

电影放完，时代才正要开始。沿着夜里湿潮的植物气味散步回家。远方宿舍里的灯火，正一扇一扇地熄灭。那些影片里的沉默与激昂,要在很远很远以后的未来才懂得;"九二一"[1]还在枕畔。整座岛微微地翻了身,沉甸甸地又睡去了。简直我的大学时代,就像这个岛屿睡眠时所做的一个梦。梦境的彼端连接到一方计算机荧幕,和一个密码般的代号通信:东方小城,不良牛,批踢踢实业坊。夜里的 BBS 闪烁着远方的星光,像一座永不天亮的夜晚。

我年少时代亲密的朋友。各式光年以外传来的信号。亲爱的 C 与 P 与 O。他们到哪里去了?被这没有边界的偌大校园给整个吞没?像那个古老的猪笼草传说。关于一株草吃了一个人又吐出了骨头的事。又或者被这巨大塔楼给吞没的人其实是我。是我走着走着就忽然一脚踩跨进了一条隐形的界线,被旋转门般地转进了另一个一模一样的地方。一样的演员,一样的名字,所有人都活了下来了,差别是世界的轮廓忽然锋锐而清晰了起来。每个名字都有了脸孔。

脸书时代。无梦时代。

用一张脸写一本书的时代。

---

[1] 九二一:这里指发生于一九九九年九月二十一日的台湾大地震。

C是不是早已回到他云林老家的小镇和他的父亲一样，成为一铁路旁的平交道看守员？我从没有探问过任何人。只是在每次途经西螺的南下旅程中，总忍不住隔着车窗帘缝间强烈的曝光与反白，眯眼看窗外飞逝的红色桥墩。只有红色的桥留存下来，在几无人烟的虚构小城BBS站上，变成一抹早已被时代遗弃的印记。终于有一天，这虚拟的黑色城郭会否也终将骨架崩离，被从这光点般的网络平原连根拔起？如同那些MSN上的红小人与绿小人。某日忽然心血来潮登入，却发现那账号早因过久没有使用，而被系统自动删除了。

　　也许它从来就不属于我。是我借了一个名字用来说了一个故事做的一个梦。醒来以后，我就成为一个偷梦的人到远方的马康多卖梦以维生。维生的意思是：活着。一直活着。每个星期三早晨，我都从一个洞窟移动到另一个洞窟，在人群里维持一种笔直的姿势；我整理回忆的逻辑，尽量保持声线的正确与秩序，预备去一个课堂将它们复述。无奈这白日的隧道沉沉烙在背上，几乎要把身体的边界蚀光。这见光死的梦境每被晒曝一次就惊吓得魂飞魄散，仿佛它们其实只是一群无能瞑目的鬼魂。捷运车厢嗡嗡作响的鸟鸣声。低头滑着手机的女学生们（如今我也加入这个行列了）。无人知晓的夏日清晨。这班车往景美。那里的洞窟有几个早来的学生，或许也正趴睡在那无窗且阴冷的课室。在这样昏昧的早晨，他们理应有梦。只是那梦里的景象，再不是我所能理知了。从某个我所不知道的时刻开始，我就被永远地关在梦外，无能进入，且再不能睡眠。如同多年以前那个梦境一般的电影教室，眼睁睁看一整个时代在荧幕上全部烧光，烧得干干净净。

一九九九

离家几年，二十一世纪便过了几年。某日想起高雄，惊觉那竟真是上个世纪的事了。回想起来，像是琥珀浸泡在一透明玻璃瓶里，遥远得几乎是羊水。羊水里隐约有个胎印。若在席间拿来谈笑："我记得……""我遗忘了。"便常要被人笑话：这究竟是什么时候，或坐落在哪里的高雄了。本来"高雄在哪里"与"在哪里的高雄"，合该是完全不同的两件事。然而去日旷远，混淆在同一个瓶子里，遂分不清孰是孰非了。又或许它们始终是同样的一件事。是我像镜子一样地安插在其中，将文法颠来倒去，意义悖反，而终使那危殆的主词也变得可疑了起来。一九九九年的时候"我"是谁？我记得二十世纪的中山路走到底（彼时尚没有捷运那一窟又一窟的地洞），旧高雄车站的站体，帽檐一样地盖在笔直的尽头。我也曾背起背袋，钻进那帽子"高雄车站"几字的底部，像自投罗网的麻雀。帽子里有列火车从远方开来，轰隆隆地把我载出了一九九九年。

站前横向的其实是建国路。二十世纪九〇年代，这里是鳞次栉比的升学补习班。放课后积累满各色制服的高中学生，人人都带着一日的淤积滞塞在巷弄大楼的电梯间。电梯向上。天花板的日光灯昏昧惨淡。数百人的阶梯大讲堂。仿佛公路电影那样长而又长的试卷纸，没把人带向远方，只是吐丝般地缠住了自己。那样的年少时光是一只茧。吐出丝息，住进茧里。窝屈着身体在茧壁的内里写自己的名字。围困自己的竟是自己的十七岁。而或许世上所有的十七岁都是一种作茧自缚。外层的表面光滑如蛋壳。轻轻摇晃，才发现内里的果核"哐啷哐啷"作响，发出空罐子似的声响，那最重要的核早已干枯死去，在内里萎缩成一粒坚硬的酸梅。

茧里的动物后来去了哪里?金蝉脱壳似的技艺。在即将搬迁的火车站前,黄昏的汹涌车潮将南方燠热的阳光晒成扁平状,一摊一摊地泼洒在冒烟的马路上。烟里隐约升起了海市蜃楼的幻象。据说光与热的折射能映照出地球彼端的某一座城市,使人看见另一座城里生活的人。于是这座热带的城,便理所当然地在光影上交叠着另一座城了。那远方的城里有另一个我。在陌生的街道巷衢走路,上学,睡觉与做梦。那座城会在什么地方?长大以后我在山本文绪的《蓝,或另一种蓝》读到,叫作苍子的女子遇见了另一个也叫苍子的女子,两个苍子长相、记忆与年龄皆一模一样,便惊讶苍子竟没有杀死另一个苍子,而是与她交换了人生。也许苍子从不想成为自己。也许一九九九年,"我"不想成为的也是我自己。

回想起来,那是整个九〇年代强弩弯曲至极的末尾;离邱妙津的死仅过了四年,离野百合崩溃将届十年。放课后的补习班有人戴起来绿色的毛帽(彼时我亦不明白此城的气温需要戴毛帽吗)。摇晃小旗。坐你旁边的某男校同学们正在讨论游行的路线,话语里有柴薪铿锵烧断的声响。课室里的空调轰隆轰隆好大声。你坐在长桌最内里的位子,低着头沙沙沙摇着原子笔。窗外是南方长长的夏日。在这北回归线以南百来里之处,夏天过后竟还是夏天。一九九九年过了以后,会不会永远只是一九九九年？如同那个吊诡且永无解答的算式，n+1=n，究竟是什么意思？

无解的数学习题，长大以后重新领略，竟都像是一则冷僻幽深的哲学命题。新世纪早于解答抵达之前来临，一年一年地跨过了我的身体，将我的皮肤慢慢弄松，使我的脚趾渐渐离地。我想起离家外出念大学初期，某个暑假回到老家，曾到那条路的某栋大楼短暂地打工。二十来岁重回这记忆中停滞在一九九九年的地方，这笔直悬吊的补习班大楼忽而就有了老旧枯败的气息。补习班的工作无聊而冗长，人与人的关系荒凉得像饮鸩止渴。没有多久我就自动建立起眼翳屏障，进入荧幕保护程序。和我一起同时进到这幢大楼里打工，有一个也非常安静的外文系男孩。长得十分高。经常穿一深蓝颜色的老式棉麻衬衫。我们几乎从不交谈。

只有一日，在楼梯间，他忽然停下脚步，用像是说给自己听的音量，指着墙上的一幅画，低喃地说：

"是莫奈的《睡莲》。"

我不知道这充满升学喧嚣声响的补习班为何选择在它的

走廊挂一幅莫奈的仿制画。也不知道这从未跟我亲切谈话的同事，为何要特地告诉我这是莫奈的《睡莲》呢？也许它从来没有被选择。也许这绘有睡莲的一幅画挂在一南方城市即将被拆迁的老旧大楼里，一处阴暗的楼梯间，仅是被人当作莲池潭风景的写生图谱来看待。十七八岁的孩子日日从它金黄色的金属画框底下摩挲，发散出幽微的热气。从不知那虚掷的，究竟是时间还是别的什么？没有什么人真正在意过它。那是一幅货真价实的赝品。某日想起，我忽然有点恍然，它就是那"在哪里的高雄"。赝品一样的，一九九九年的我。

　　再见。我的一九九九。

从前从前有位 KKman

高中毕业的前一年，因为推甄的缘故，我度过了一个晃荡的、与联考无关的三年级。印象中那是一九九九年的初冬。黄昏的校车玻璃凝结着雾气的水珠。过完一九九九年的最后一天，下课前有个老师意味深长地说："公元明天就两千岁了。"那是市区里的一所教会学校。校园里到处伫立着安静的雕像。我穿着深黑色的运动长裤，游荡在教室的长廊外。

教室里的老师说，不要在这里妨碍别人学习。

　　不能待在教室的日子，最常窝着的地方是学校的计算机室。因为那计算机室位于校园某栋大楼的深处，离教室极远，几乎不会与其他准备联考的同学碰面。彼时液晶荧幕尚未发明，计算机室里的两排走道皆是弓着背的厚实荧幕。主机的开关一按即有嗡嗡的鸣响。极轻微。像是蝉鸣鼓翅。有人告诉我，那是计算机的心脏运转的声响。

　　计算机也会有它自己的心脏吗？文组的我还来不及明白，那样的心脏究竟是什么样的意思，Windows 95 的蓝天白云，忽然就兜头罩上了荧幕。"网际网络"刚从台湾的上空覆盖下来，在我的脑海里像是有片渔网轻轻落下。"网络上的芳邻"是谁？是不是真有那样一位芳邻，住在我看不见的左边，可以轻轻踮起脚尖，就去按他的门铃？

　　彼时 BBS 初初架设，鹰架一样一座又一座地搭架在地平线的远方。键盘里传唤一个叫作 Telnet 的程序，全白的荧幕一行账号密码，登入以后，就来到了世界的反面。我从来不知道学校里有这样一群人。那是 BBS 界面尚简陋的时代。荧幕上每个字都像是火柴排划出来的。深夜里水球丢来丢去。

信件匣里常常躺着一两封信。那是从什么地方传递过来的？是计算机的心脏寄给我的吗？计算机的心脏说：你好吗？我是K。你是谁？我好像在这个学校的某个角落里，看过你。

叫作K的人，跟荧幕里的许多人一样。在午后不开灯的计算机室里，上站人数只有两人的时候，黑云缓慢地飘过了屋顶。计算机荧幕的外面，是南方工业城市的边陲。港口的烟囱冒出白烟，像有人终日在底下吸吐。白日像沙漠一样永无止境，永不天黑，要人骆驼一样地驮起自己的十八岁。二〇〇〇年的夏天就这样来了，跳绳一样地过去了以后，什么也没有改变，只是天花板的灯光静谧地暗了下去了。晦暗的计算机室里，始终只有稀落的几个人，在因考试的日期逐步靠近，而渐次沸腾起来的校园里，像安静的游魂一样地彼此漂开。毕业前的最后一颗水球，K说，我考到机车驾照了。要不要一起骑去甲仙的山里？因为这个邀请来得太过真实，不知道为什么我"唰"一声地倏忽熄灭了荧幕。

离开那个校园，进入大学，我再也没有在任何一个站上，遇过那个叫作K的人。只有全白的Telnet，很快地被换成了色彩斑斓的KKman，任意门一点就可以抵达上百个站台（它们如今多数已都成了废墟了）。它像是一个没有出口的迷宫，并不通往时间序列上的未来,而是水槽下方的弯曲水管,奇怪地错接通联到另一个现在。另一个现在。另一些他人的人生。见过的他人。没见过的他人。空中浮岛似的,四处都找不到维系它的绳。边活着网络时代,边活过了网络时代,却也总活不出网络时代。这真像是天竺鼠与它的滚轮的命题。回想起来,我竟亦是网络时代的白垩纪之人了。如同远古纪元里的翼手龙之流,某日振翅,飞过了一九九九年,这才发现所来之处,布满了蕨类与沼泽。在路途中,偶一加入某共同飞行的队伍,几年以后,在现实与虚拟的恍惚之间,忽而不知那些账号而今都流佚到哪里去了。是不是也在某处好好地工作、生活,长成一个与我一样的大人?那些全黑的荧幕上闪烁的光点,像是壁球的折返,寂寞地在两端来回拍动,并且在时间的流逝里,逐渐地微弱下去了。只有从前从前有位 KKman 总也不老,保存着白垩纪迄今的种种秘密的地层。那时的计算机,心脏也是古老的。

一〇年代记

　　文学史读久了，几〇年代变成舌齿音，娴熟地在一条舌头上弹过来奏过去。有时咬舌，微微渗血，忽而明白这娴熟早已将人规训得像一只安静的绵羊，乖乖待在历史的牙间隙。九〇年代念起来有伤感氛围。八〇年代则是金沙满地，流了久了，流金也旧成了黄皮。少有人提及的一〇年代则是一个生词，来不及填充它内里的海绵，已然吸水泡得凹陷了。一〇年代出生的婴儿几稀。

死去的老人极少。寡言的少年拿着刀上捷运。有人紧闭双眼不忍看。捷运的车厢轰隆驶过河底。摩西开海似的。一〇年代，人人坟上一座金字塔。塔里放着永生的苹果，永不腐烂。

　　一〇年代时我在做些什么呢？印象中总在一条公交车道上晃来晃去。快车道上的公交车站像岛，在某一站靠岸，在某一站驶离，恍惚得让人觉得那其实都是同一座岛。岛上一根旗帜，刻满密码般的编号。但其实我没有什么特别需要辨识的方向。往往是号码携带着我去到城市某一角落，在一地沉降。那些二十世纪存活至今的老旧公寓，鸽楼似的停栖着阴天，像是舒兹的一则短篇小说。有时父亲会敛着翅膀黑鸟一样地停在一扇窗上，俯视着我。父亲想跟我说些什么？久违的父亲像是二十世纪飞来的一个幽灵，安静而恐怖。

　　但这种恐怖有时也是过时的。一〇年代的人不谈论幽灵。因为新天使的废墟早已被新世纪的风弭平，耳膜一样地鼓胀着。洞里积满的不是历史的碎片，而是积累到天边的垃圾。《历史哲学论纲》的二十一世纪谈法：是一列朝向未来前进的列车，载满贫血的人，被丧尸般的人群追赶。列车每到一站，车窗就有扑上来的人脸，紧紧贴着窗玻璃，将五官挤兑得逼仄。他们是从哪一站上来？要吸谁的脖子将眼球刷白去到什么地方？当时间再也无法产出鬼魂的时候，所谓的鬼魂，只能来自未来。那保罗·克利的新天使目视着历史，也从没料想脑后的一双眼睛，直直地盯着他的后脑勺。

　　唯有一次，在一〇年代，刚好是中期，又刚好三月的广场人潮初初蒸散，变成一个包裹的词汇；我初初从博士班毕业，找工作之际，为了履历上的一张两寸照片，踏入了一家老旧的照相馆，并且讶异着一〇年代，在一家以摄影为业的店家里，仍有那样二十世纪的舞台布置：暗房。黑伞（我始终不知道作用为何）。灯具。拉帘式的几种颜色布景。小梳妆台。这是一个时间终结的场所。古典的巴洛克后台。在镜头前，上一个世纪快门线引爆的声响，早已凝结成为一个声音的标本。在那一瞬间我忽然对我被光影捕捉在一张相纸上之事觉得异常悲哀。因为发生的早已发生过，那如同无数张微妙差异组成的连续漫画之其中一格，是什么的 N 次方？

　　等待照片洗出之际，昏暗的相馆里，有张泛黄海报，大抵倡导数位时代，应多将计算机硬盘与手机里的照片洗出。海报上有段话触目地写道："你可以想象两三百年后的人们，面对现在的我们，是一无所知的吗？如同中世纪的黑死病。"

幸存的人如何在未来里思索过去？那垃圾般不断堆高的世界，最终阻挡了地平线彼端的视线，直到历史成为一幅马赛克瓷砖般拼贴的图景。靠近一看，是压缩的宝特瓶罐、残余、厨滓，因高度压缩而终成一种难以穿越的乡愁，所以我们原地奔跑。假设时间的输送带跑步机一样地将我们传送到未来。未知的来处。

然而，在一篇像煞有介事的论文里，我们仍假设时间里的鬼魂存在。我们在一套论述的回路里旋转，在每个肠道般的环节里试图说服自己没有留下任何渣滓。每个转弯都是如此优美。结构性地对称，如同蝴蝶。一〇年代，现实生活里的我，搬家，搬许多次家。每搬家一次打包丢弃一些东西。皮屑也似。不敢相信我的衣橱底部至今仍留着一件中学时期的厚毛呢格纹长裙，随着我不来梅吹笛手的各种搬迁，仿佛离散又被细索召回的鬼魂。丢不掉的是什么？过期的衣服？松垮的人皮？还是一个换取的孩子？没有人问过那个破旧布娃娃般的我究竟到哪里去了。而我日日背着这个影子匍匐前进，搭公交车去一个山坡学校听一堂萨依德的课。有人问起，你最近好吗？我最近好吗？这是一个时差问题。如同东方主义。异乡种植进自己的身体，反问自己：我最近好吗？一〇年代，相同的是那反复下着编织般的阴雨天气，将城市编成了一条冬日的毛毯，上透着寒气，下则覆盖着我们不断发热的身体。只有雨，雨是从其他的时间里下过来的。

冬的图书馆

  有一个冬天,我一直在图书馆阴湿的书架间穿梭,找一本索书号上没有的书,为了研究的缘故。河堤旁的图书馆没有这本馆藏,柜台里斑白着头发的女管理员跟我说,也许它会在城市里的另一座分馆。

  "你可以搭这班公交车抵达那里。"那年老的女管理员指着地图上的三角标志，告诉我站牌的位置。女人不是用她手机的地图APP，而是摊开了一整张色彩斑斓的纸地图，用原子笔慎重地圈起了目的物。有一瞬间，那些纸上无限延伸却总是细小的巷弄忽然啪擦啪擦地闪烁了起来。因为城里实施节能政策的缘故，每隔十分钟，馆里天花板的日光灯管便阴暗了一个刻度，女人的脸遂在时间的沙漏里荫翳偏斜了下去了。像地球黑夜的那一面。我不知道女人是否知晓她的鼻梁正像日晷一样地偏移，用侧影遮蔽了自己五官的位置。只知道这是一个年老女子。年老女子胸前的识别证，写着"梅"字。我心想，这是一个叫作梅的女子。她周身的静物都海潮般地褪下去了。

我没有去到那羊皮纸上的地图，找到那本书，只是游魂般地在图书馆的每扇窗子，一个洞窟晃过一个洞窟。冬日把这座城封锁起来的时候，那河堤边的图书馆，遂在等高压的线轴上一圈一圈地老去了。老到一个程度以后，它也会进入了无时间性的环带，土星一样地让鸽群停栖在其上，乌鸦鸦地。那使它看起来像一座巨大的鸽楼。楼里一格一格的小窗，关着的都是鸽子。冬天的积雨云厚重地包围了这座阴暗的建筑物时，里头的鸽子就发出那种果核在空罐里摇荡的声响。让人以为那些鸽子，是不是弹珠般地在这日渐倾斜的建筑物里滚动，遂发出那既不像叫声，也不像交谈的声响。

　　在这样的冬天里，有谁还会到这洞窟般的图书馆里来呢？冬天的风从这古老建筑物的每道窗缝里吹来，摇得每根窗框都"哐啷哐啷"作响，几乎让人以为是自己松脱的骨架。寒假里每座图书馆都阒静无声，只有空调叶片微弱运转的声响，在天花板的窗格里一齿一齿地呜咽着。读书的人都鼹鼠般地在哪个地道里睡去了吗？冬日的长假正要开始，而地面的街衢早已空无一人。在这种时候来到图书馆的无非只有几种人，一种是没有其他地方可去的人，另一种则是只能到图书馆来的人。还有很少很少的一些人，是真心喜欢图书馆的人。他们最后都分岔音阶般地成了同一种人。比如从很年轻的时候开始，我起先是没有其他地方可去的人，后来变成只能到图书馆来的人。因为中学里常有那种一截阑尾般的自习课，淤塞在一日的末尾。敲了钟我就躲进图书馆深处的洞穴里，在书架间徘徊发呆，等待一堂空白的课结束，等黄昏的校车缓缓驶来。冬雨针叶一样地掉落时，整座图书馆的日光灯管就有了那种沙沙的声响，像有什么人在窗外拖着长长的裙摆走过来走过去，踩得地上的树枝哑哑作响。一天真的过去了吗？那么为什么图书馆外的白日们，长而又长地无尽延伸，像是一条看不见尽头的钢弦？一天真的过去了。在井底一般的、黄昏里渐次发暗下去的图书馆里，我蜷缩着身体，有一种奇异的恐惧，同时又有一种谁也找不到我的快乐感觉。快乐得让人想要窃窃地笑了起来。

笑声洞穿着井底的窟窿，变成嗡嗡的回响。属于少女时代的日子，理应是没有这美杜莎似的笑声，尖锐又危殆地剪开一日的边际，让什么汩汩流了出来。在图书馆外，不远处的球场传来哧哧的笑声。那笑像是光线自己的声响，摊在太阳光下熠熠发亮，拔高而尖锐。如此的理所当然。十七岁的时候，有谁会在这光天化日的白日底下，地底动物那样地掘洞蜗居到那地道似的图书馆，当一个老鼹鼠太太？我曾想过放课后的某一日就躲在这图书馆阴暗书架间的影子里，谁也没有发现我的存在。最后一个馆员关灯离开后，整座书库就变成了一个幽深阒黯的洞。窗外有银薄的路灯洒落，照在书架上像是月光一样。那些书便从睡眠里被垂钓了起来（真的有本书就叫作《垂钓睡眠》），像窟窿里一只又一只的鱼，发出薄薄的鳞光。安部公房是幽蓝色。普鲁斯特是琥珀色。卡佛与卡谬都是积尘般的深灰浅灰色。那么四国森林里的大江健三郎，就是一种祖母绿了。

但那样想象中的时光，毕竟一次也没有来临过。放课钟响，我又收拾书包，搭上了返家的巴士，在日落以前将一日终结。中学时代终究在那公路电影般长而又长的试卷旅行中戛然结束了。不识这些书架上的人名，但不保这些人名却早已在架上识得了我。识得我离家到另一些城市，在更高纬度的地方，城市的各种边陲，遇见一座又一座的图书馆。那些河堤上或树林里的图书馆比我想象来得更老更陈旧，仿佛从有字开始就伫立在那里，神一样地低头俯瞰着井底。但图书馆的神从不慈悲，只是垂降着满布的树藤，在地底盘根错节。那些年少时经过的书与作者，和你现实生活的轨迹像是一则彼此无干却又相互指涉的迹线。你以为那是你的人生，你创作的叙事，用你自己的声线，说那些只有你自己知道的事。很久很久以后，你才忽然理解那些图书馆里的神，仿佛习题与它的答案簿般老早共存在一起，让你边做边对答案。你所经历的故事，早已一遍又一遍地被写完了。有人代替你活过了一回。在图书馆石灰色的暗影底部，你只是重写，重写，与重写。

然而，尽管如此，冬深的时候，我仍会像鼹鼠一样地包裹着自己，到图书馆去吧。在疏落的架上来回地逡巡，找一本索书号上没有的书。这样徒劳的事，在冬天里总是要做上好几回。毕竟冬天里的图书馆，连众神也睡去了。在没有神的架上找不到这本书，也是正常的。

野菇之秋

秋天到了就想吃野菇椎茸炊饭了,或者栗子南瓜蒸饭也不错。总之是各式熟烂物事。将洗净的野菇与姜丝以麻油清炒,放入锅中与米慢慢炊熟。厚沉沉的土锅在瓦斯炉的小火上发出"嘟滋嘟滋"的声响,从锅盖的孔洞那里,冒着细小的白烟。因为等待的时间还很长,于是可以就着餐桌的一角,把一本书从日暮读到天黑。

那样的时候，猫也会来到我的脚边，毛球一样地蜷成一圈，不时用尾巴扫着我脚踝骨凹陷的地方。"你在干吗？很痒啊！"这样像傻瓜一样地呵呵笑着，边不经意地把书页继续读下去，不久猫便呼噜呼噜地睡去了。厨房里弥漫着野菇被炊熟的香气。已经可以吃了吗？肚子开始饿了。再焖煮一会儿吧。现在打开的话，米心可能还不会炊透。

米心到底是什么时候被煮透的呢？在斜斜的日光，正缓慢退出窗外的餐桌时，我不经心地想着。那一颗纯白色的米粒，像拭去雾气一样的某个早晨，从核心的地方开始慢慢擦拭。玻璃凝结着水珠。秋日的黄昏隐去的时候，一切都卷曲泛黄了。在不开灯的屋里，书页上的字，愈发模糊不清了。秋天的天黑下来，就像是从很高的天空滑下来，咻地让人觉得忽然冷了起来。黄昏的黄从光线里全部隐退的时候，屋里只剩下一种很深很深的蓝黑色。因为空气里那有点寂寞的凉意，还有厨房里温暖的食物的气息，忽然会让人记取遥远时期的某个风景。

天黑下来的时候，应能打开锅盖，用饭匙好好地将野菇与米饭拌匀。窸窸窣窣地做着这些的时候，猫亦起床了。在地板上伸长了四肢。忽然走到了我的脚边，严肃地对我发出了喵喵的叫声。这个下午，它必然是做了一个只有自己知晓的噩梦。

很想知道猫到底做了什么梦。猫的梦里，也有我的倒影吗？边翻搅着锅里的米饭，边用饭匙扇了扇热气。这些野菇，是母亲从南方的老家寄来给我的。母亲对于我搬到这样一个奇怪的郊外房子，存有不很切实的担忧。总是在 LINE 里丢来令人匪夷所思的信息：

"别吃那边的野菜。野外的东西都有毒。"

"还有，别在猫面前换衣服。"

"为什么？"

"那还用说，当然是因为人类无法知道猫到底看到了什么啊！"

猫会看到什么呢？而那些秋天的语言，都去了哪里了？当我说"语言"，我想说的究竟是语言，还是关于语言的回忆？在这渐次变得愈发漫长的黄昏里，米心总是有一些没有透的。它们在我臼齿的缝隙里卡榫一样地镶嵌着。不在晚饭后的一杯热茶过后，对着镜子用竹扦戳弄，是不会舒坦的。这样的日子，十月里总要过上好几日。

山丘女子

行到北京，地铁在线有一站叫作苹果园。那名字让人想及了 Beatles 的草莓园，有一种奇怪的美。问了北京朋友是否真有那样一座苹果园？他说他是北漂，并不清楚。那么就当作是有吧。这列车往苹果园，仿佛就有了一个住在那地铁尽头园子里的朋友。车门"咔啦咔啦"地关上。地铁站 X 光机的输送带发出那种"嗡嗡嗡"的声响。我的背包经过了一个黑箱子，魔术般地又原封不动地回到了我的肩上。所谓的魔术，就是什么东西原地消失了，什么东西却看起来一点改变也没有。

  很奇怪地，颐和宫附近的老公寓，让我首先想及的，竟是父亲工作的钢铁厂。也许是因为那红砖砌成的楼房建筑没有骑楼，与我童年时常去的父亲工厂，竟无二致。想来父亲工作的钢铁厂远在南方夏季多雨的高雄，为何没有骑楼呢？那种非常北方式的、严整的红砖方形屋子，盖在我童年的线轴上。是谁将它们搬来，布置了南方的棕榈？又在多年以后的初夏某日，将它们悄悄地搬至这遥远的北国？

  那时父亲经常带我去他的工厂。不为别的，仅只是为了看电影。钢铁厂里有一座礼堂，固定每周放两三次免费影片。我的第一座电影院不在市集，而就在父亲的钢铁厂里。不知选片的基准何在？李连杰、黄百鸣与林正英是轮番上场的常客（那是港片的年代于是间歇性地亦有喷飞的人肉叉烧包与黑山姥姥），偶尔挟带着一部两部的西洋片。有次播映的竟是《无言的山丘》。电影真正安静得无言极了。不知平日在电视综艺节目里嬉笑怒闹的澎恰恰，为何在电影的布幕里竟正襟危坐了起来，鼻翼有了阴暗的侧影。原来笑是会给脸带来影子的。童年时的我这样想着。父亲与母亲皆睡去了以后，四周静悄悄地。

我在偌大的黑漆漆的礼堂里，屏住呼吸；投影机的光束灌进了荧幕。蓬头散发的女人就在山丘上哭泣了起来。

我童年时代的双眼，究竟都看进了些什么呢？不记得了。只有黄沙漫天的山丘留存在记忆中，遂使那布幕的颜色，都脏掉了似的，可以拧出黄泥的水。像刚刚擦拭过了整桌子的沙尘。电影荧幕的外面，父亲穿着蓝色的工厂制服，开着老车，在滨海的夜路上奔驰，载我们回家。港口的起重机在夜色里，远远地看起来像是长颈鹿般地，垂吊着它们长长的颈子。两侧的工业区冒着夜里的火光。若不是玻璃车窗的阻隔，必会嗅闻到那燃烧着什么不知名物事的呛鼻气味，弥漫在这偏远乡间的小路。

离开了无言的山丘，女子的名字原来叫作杨贵媚。讲国语的声音总有一种姑姑腔。好像父亲晚年才嫁的小妹妹。在二十世纪九〇年代的电视剧里，总有一个唤作招弟或飘红之类的名字，在乡土布景的剧本里走来走去，走不出电视荧幕的四方框框。十八岁的时候，再在电影里遇见她时，她早已攀过了那座无言的山丘，是坐在大安森林公园里放声哭泣的无名女子了。

这些都是碎片。几无意义，连回忆也称不上。没有什么悲伤或快乐的情绪。如同西海岸那些沿途被工厂与产业道路一路蔓延的风景，没有浪漫的可能。日后我在东野圭吾的《白夜行》里读到类似的场景。关于一座无人知晓的工业小镇，一个男孩为了初恋杀死自己父亲的故事。若是没有愤怒，一条灰扑扑的海也只是悬吊的抹布。

　　父亲想必不记得这部片了。我曾想过在这每周三次的电影放映室里，最终留存在父亲脑海里与那段时光有关的记忆，会是哪些电影里的残光片影？听说后来的某段日子，他开车去了某座山丘。在断了去路的悬崖前倏地收束刹车与引擎。前轮碾过的一颗小石子哐啷坠落崖底，没有什么声音回传过来。四周静悄悄地，像一座无底的井。黑暗里从山谷的底部浮升起一张女人的脸。在挡风玻璃前。那会是谁哭泣的脸？

　　父亲必然亦不知道，山丘女子在山丘上孵着海。海平面底下的礁岩，坚硬透明的结晶。老弗洛伊德的冰山。有谁被封存在那冰山陆块的里面，连面孔也被折射得崎岖凹陷？我想起童年时小镇的山路两旁皆是漫山遍野的坟，面朝着各种不同的方向。小镇上死去的人就被埋在那里，隔年从土里的头发长出草与树来。那山坳底下一窟又一窟的洞穴，坑坑洞洞的珊瑚礁岩，彼此相连成巢穴。有一个卖空铝罐做成简陋灯笼的老妇人，终年石像一样地坐在那洞口。只要投掷一枚硬币到她的钱箱，就会得到一个插红蜡烛的灯笼铝罐。

老人眯起猫一样的眼睛，指着身后的洞口说：

"从这里进去，若是识路的话，会从另一个所在出来。"

另一个所在。另一条地铁巢穴般的出口。仿佛若有光。有一种叙事总是这样。银河铁道式的宫泽贤治的世界。盲人摸象般地攀着绳索往下走，以为绳子的方向就是时间的方向。但你眼瞎目盲。偶然摸到了绳上倏然突起的绳结，你从没有放在心上。

终究没有抵达地铁终端的苹果园。如同许多旅行的终点。没有必然，也就必然没有终点。路太远了。而我在某一站下了车，随心所欲地改变了意志，去到了别的地方，如同河流与它的沙岸。在这异地北国的城市里，难以揣想点与点、站与站之间的距离，究竟有多长？是我从前日日复习的古亭捷运站乃至台电大楼，那样把脚散成剪刀的罗斯福路，一小段一小段被一再剪碎的个人坐标？用活过的历史标注自己悬浮的游标。还有一条地铁终站的边境。城市在这里戛然止步。也许城市它老早就已止步了。是边境的人一再地重复与逾越。一再地为它谱曲、歌唱，为它种植果树，采收苹果。什么东西原地消失了，什么东西却看起来一点改变也没有。

什么都没有的地方

　　绿色的路面电车,沿着荒川线,驶离早稻田站,带我擦过沿途的一万株玫瑰。电车从宽阔的市街驶出,两旁的房子渐次夹挤,几乎就要摩擦拓印在车窗上。这是《挪威的森林》里渡边君烫过了衬衫,洗晾了衣服,在没有一点风的日子里,搭上电车去那北边大冢车站拜访绿的秋日早晨吧。"电车紧沿着屋檐奔驰。有一户人家在晒衣杆上放了十个西红柿盆栽。

一只大黑猫在旁边做着日光浴。耳边也传来石田亚由美怀念老歌的旋律。甚至闻得到咖喱的香味。"在一九八九年故乡版的小开本里，村上详细地这样写着，淡淡地擦上了水彩色。

真正搭上了荒川都电线，没有闻到咖喱的香味（理论上是不可能闻到的），却也能明白电车上的渡边君，能清楚地数出"十个西红柿盆栽"这一数字的理由。电车很胖很慢，在老街町的路面上"叮叮咚咚"地响着，很耐烦地"我来啦我来啦"那样懒散地告诉着路上的其他人。请快让让请快让让。有一个骑脚踏车的少年擦过我的窗前。他穿着红蓝细格纹的衬衫，袖口谨慎地卷着，像要去某地打工的样子。他的单车很快地划过了车厢，在某个路口后，火柴般地转弯了。这时我才发现车窗外秋天的天空是如此的遥远。那样的蓝色好像一种远得触摸不到的物质，悬宕在洞穴一样深而安静的天空。

假日的电车非常安静。或许是因为许多人都还在沉睡吧。假日出门游玩是属于千代田线或银座线的事，荒川线好像不属于这一类型。只有一节的短胖车厢，很懒散地在电车路上摊过来覆过去，安静得像东京这城市角落里的一颗琥珀。车厢里有种睡眠的气息。暖气暖乎乎地。广告海报。老人院信息。骨科信息。纳骨塔优惠。伊豆温泉之旅。全都是此类散发老人斑点般的黄昏颜色，很不搭嘎地被布置在这一早晨的车厢里了。车厢空荡荡的，只有那戴着灰褐色绒帽、提藤织编包进城去的老妇人们，秋日的雕像般地端坐在绿绒布长椅上。我很小心地偷看着。发现她们也正好奇（且笑眯眯）地用猫一般的眼睛打量着我。目光短暂地碰触到的瞬间，她们跟我投来一个弯月形的笑脸，随后便谨慎地回归到雕像状态了。

雕像们在大冢站抵达时纷纷起身，准备"叮叮叮"地下车。是一种雕像的秋日集会吧。她们要去什么地方？做些什么呢？我忽然想起这是有过"小林书店"斗大招牌的地方，竟因此而感到饥饿了。在小林书店的二楼厨房、用买胸罩的钱去买玉子烧煎锅的阿绿不知道还住不住在这个小市镇上？"关西风味"比较清淡这件事，也是阿绿告诉我的呢！

我跟着雕像们在大冢站下了车。下了那小小的岛一样的小小的月台。跟人群一起踏进了这名叫大冢的地方。真正来到小说里的地方，理应要有一层滤镜覆盖街道，将街上的屋子与人们染上一层虹膜似的色彩。但现实里的大冢，真是一个与东京其他市区没有什么差别的地方。甚至还要来得更加普通、更加苍白也说不定。也许在小说里那即已是这么普通的一个场所了。渡边君说："街道两旁的商店街看上去冷冷清清的，建筑物老旧不堪，里头也不甚明亮。有的甚至连招牌上的字都已模糊难辨。"啊有这么糟糕吗？如今的大家离八〇年代已很遥远了。但那"什么都没有"的氛围某种意义上或许从那时就已渗透进这座市镇建筑物与人的肌理里，被遗留了下来吧！

没有带水仙花来拜访的星期日早晨，我沿着车站前的路，没有方向地到处乱走着。或许会在这里遇见铁门深锁的"小林书店"？即使是同名也好，那样的话，我一定会走进去问店主，您一定也认识那父亲（没有）去了乌拉圭的阿绿吧！

然而，就如同那首歌所写的那样：我想为你做一道菜，但是我没有锅子。我想为你织一条围巾，但是我没有毛线。我想为你写一首诗，但是我没有笔。什么都没有的大冢，真的是什么都没有啊！我从广场绕进岔路，在一条不知名的街道上，寻找着一个地图上没有的地方。那就像是鸵鸟把头埋进了沙堆里。在那秋日既高且远的天空底下，倏地发觉，自己究竟在这里找着什么样的东西呢？

那时我忽然想起了久未联系的 Y 君。想起十五岁的时候，是 Y 君借我的《挪威的森林》，针一样地引领着三十岁的我，流窜穿梭到这里来的。这个什么都没有的地方。在十五岁的中学毕业典礼结束后，我搭上 88 号公交车到车站去，买薄薄的月台票穿过地下道，抵达了 Y 君那位在后火车站商店街里的家。那是一个屋檐低矮的老式皮鞋店，店里充满着皮革的老旧气息。她那十分瘦小清癯的母亲从店后方的柜台里抬起头来，用猫脸般的微笑告诉我，Y 君出门去了。我从书包里拿出了那本《挪威的森林》。

"请帮我将这本书还给她。"

Y 君后来跟我说，那时我真的以为我们以后不会再见面了噢！

为什么呢？我问。

因为在毕业典礼结束后的下午，收到一本借出去的书，感觉就像是在说，已经全部都还给你了噢。Y 君说。那种感觉，就好像你明天就要出发去很远很远的地方。

没有的生活

记不得那清晨入睡、午后转醒的日子,究竟是从我年轻时代的什么时候开始养起的。像养大一个孩子那样地,白昼的日子渐渐矮小,夜晚慢慢长高。直到后来,照镜子的时候,我就忽然有了一个脸面漆黑的孩子,阴影般地黏附在我的面孔上。像是夜晚的胎记。那奇怪的恶习起源,如今是怎样也想不起来了,只记得闲散无课的大四时代,我几乎是把一整年的白天给大肆睡掉的。这个恶习持续到了研究所时代，至今仍跟随着我，使我在亮晃晃的白日底下走路，都感觉背负着一团黑色的影子。有段时间我背着这团黑小人到事务所去，工作、排队、办事，感觉五脏六腑都疼痛了起来。

别人并不知道你背上的这团黑影子，只当是这个城市惯常阴霾的天气。谁也不在意谁的心绪。可是那黑小人烟雾一样地阻隔在你与他人的话语之间，遂使那话语声响底下的意义，都三角铁的尾音般地分岔了。白日里的世界持续运转，并不会因为你的作息而调整。于是我的挂号信件被耽误，且永远无法在邮局开张的时间去领取，工作电话始终接不到，下午茶失约（日久遂渐渐没人在这时间约你出来谈事吃食），醒来时图书馆常已趋近关门。夜晚我像小偷一样地搬运那一捆又一捆逾期的书到图书馆去，一本一本地将它们喂给还书箱吃。因为每日都是由每个半日组成，我老是搞不清楚怎么理解"今天"这个词汇。午夜十二点过后，究竟该算在今天还是明天的账上？于是在深夜回复那些信件匣里耽误的邮件，键盘敲打到"今天"这个词时，总有一种忽然陷掉进日子夹层的迷宫之感。

蛰居河边的老旧公寓时，这样的恶习达到了极致。学位论文写到搁浅。我日日坐在阳台对河发呆，唱歌，想念一些遥远的人，为着不着边际的事物哭泣。今天与明天的交界模糊，轻易地就被午夜给跨越了。那时我最常拜访的是桥边的便利商店。有三个圆脸蛋的胖店员总是轮流值着午夜的夜班。因为长相的缘故，我总分不清她们其中的任何一个人。因那木栅深处的深夜里什么吃食也没有，那便利商店架上的便当与面包便被我一季吃过了好几轮。我那长时未修剪的一头乱发扎成一条凌乱的马尾，戴深黑色大近视眼镜，拖一双陈年破烂老勃肯鞋，出得门去，在凌晨三点的斑马线上旋转着过马路。感觉一种践踏，同时又在践踏里感到一种挥霍的自由。

那样的自由是无可言喻的。是双脚稳稳踩踏在一条安静的路上，倾听鞋尖踩踏着整路"哐啷哐啷"碎石子声响的自由。不是人生里任一由金钱、学业、工作与飞行里程航数堆积起来的数字所能比拟。没有信件。没有旅行。没有多余的话语与交谈。只有日复一日流淌过阳台下的河流，在夏季台风来时倏忽地暴涨，在冬日里干涸。

日子久了我渐渐理解这样的生活其实无异于盆栽。没有长大的野心，也没有换盆的愿望。在一般人眼底，它甚至显得乏善可陈，没有过多关于文学的浪漫想象。因为过短的白日生活，我几乎不上咖啡馆，不去书店与电影院，不在房子以外的任何一处读书写作。离写作最近的大概是放空，大量的放空，在漫长的白日里我把自己放置成一个空空的容器，什么东西都装得进来，却什么东西也都没有装盛。那样的生活是由大量的"没有"所堆栈出来的。而因为这许多的"没有"，我从来没有像那时那样真正地感觉过自己的富有。

在这个城市里，有多少人和我一样过着这种"没有"的富有生活呢？我想起住在那老旧公寓时的一个女学生邻居。很少出门。戴着圆圆的近视眼镜。很是文静的样子。那个房间在我租赁下这里时曾经被房东带进去看过，是一个没有窗户的密闭空间。她搬进去以后没有多久，我老是在深夜的走廊上，看到她的门口摆放着喝完的水果酒空罐。那个罐子的摆法非常含蓄，像手指紧紧并拢地贴在墙角，而且从没有摆放超过一罐过。那不是为了悲伤或烦闷而喝的酒。那是一日一瓶，像盆栽植物那样浇灌自己的水酒。

这样"没有的生活"，在告别了学生时代、进入白日的工作以后，被很物理性地转换成另一种形式。博士班的最后几年，因为工作的缘故，我搬离了那河边的老公寓，移居到城中的另一座楼。那楼在喧闹的捷运站旁，两侧皆是俨然的写字楼。只有一幢两层楼的破旧屋子，极不搭嘎地坐落在大楼与大楼的中间。那屋子的骑楼有一棵年老而巨大的树，长进了骑楼天花板的屋里，在屋顶蹿冒出树冠来，像极了那屋子头上戴的一顶假发，被四周的公寓大楼环视着。屋子的一楼其实是一家寻常便当店。午后便当屋的铁门拉下半掩休眠，像把整家店都收进了那树的肚子里。

　　有一日的傍晚散步途中，途经那旁侧的大楼，底下聚拢了人群。还有几台电视台的采访车。几日以后我才在深夜重播的电视新闻里，看到了熟悉的街景，还有便当店夫妇哭泣的脸。是他们亲近的谁的孩子从附近的大楼失足掉了下去了吧。是一个夹杂在一日的各种灾难之中，很快地就被冲洗掉的微小事件。我感到在那一两分钟的新闻播报里，有些什么曾经离我非常靠近，却明确地知道它早已真切的是十分遥远了。我想起有段时间那便当屋确实默默地关上了几天。在白晃晃的夏日艳阳底下，远处传来修路工程的"咔啦咔啦"声响。空气里有新铺的柏油气味。我踩踏着一条日复一日的黄昏巷道，去买回重复而无聊的吃食。像一只猫舔毛般地将那些食物缓慢地吃完。整理自己分岔的毛发。

　　那是他人之死。他人的日常。他人持续的人生。如同我的。

然后，在某年的夏天结束以后，我就搬离了那座楼，带着我那其实一无所有的老旧家具，不来梅吹笛手般地到另一个城市去了。像一个注定要被这城市每日新长出的植被所覆没的故事，包括我曾以为我在这里活过的证明。没有什么被留下。什么也没有。

辑二
某城的影子

某 城

年末了就想起某城了。无来由地。也许是因为在某城度过的许多时光,都与年有关。我永远记得某年冬天在河堤公寓的阳台上,看见指尖大小的一〇一烟火垂坠降落的样子。从前小学国语课本上形容那烟花是"倒吊的花篮"。为什么不是假发而是花篮呢?无论如何,那远方的烟火其实极安静,因为距离太远的缘故,声音像海水里的泡泡很久以后才传了过来。阳台下的河堤上有许多人，他们也在那里等着看烟火。烟火无声爆裂的时候，我可以感觉到窗下的人们屏息呼吸，像隐隐起伏的海浪。世界的肚子皱且深陷，又缓慢地绽放开来。因为太过安静的缘故，后来我就听到一个女人哭了。

女人不知是窗下人群里的谁。她有没有和她的朋友在一起？一个人在这么多人里一起跨越一条假想的时间线（抱歉我使用"假想"二字），是一件很寂寞的事。那就像是两人三脚的游戏里少掉的那只脚。我没有回家。没有去任何其他地方旅行，甚至没有去到这城中的广场，跟这个女人一样和其他人的脚绑缚在一起。我只是一直待在河边的公寓。等冬天变得更深更沉。

冬天还没沉进河底前，河底的水就先干涸了。我不知道一条没有水的河流要如何豢养冬天。冬天应该是一只很渴的动物。可是那个冬天，某城却一直没有下雨。我沿着河堤，走到学校去。跨年的假期开始以前，因为连假的缘故，校园里一个学生也没有，只有那个女研究生，在夜里和校园里的野狗成群地出现。

女研究生终年留一头男式短发，高腰长裤里扎进上衣的下摆。从我进到这个学校里以来,她就已经在那里。很多年以后,我离开某城的时候,她还在那里,像是这个老旧宿舍的一株藤蔓,垂吊着她自己和她的狗。连假里我到学校去,是半夜的图书馆。台阶前趴伏着几只狗。我不敢靠近,远远地站在台阶下。

"你要做什么?"她问。

"我要把书丢进还书箱。"我说。

"这些狗很亲人的,它们不会怎样。"

女研究生为什么在这样寒冷的假期里,留在这空无一人的校园里呢?连假前图书馆的大门深锁,连自习室的灯也熄灭了。街道上的餐馆几乎没有一家营业。我很想问她,你在这里做些什么?但我没有问。我几乎要问出口的时候,忽然想到我并没有办法问她这样一个问题,因为我害怕那问题里的人其实是我自己。

你在这里做些什么?

某城的影子

很多年以后的每一年，年与年的交界之处，无论我在什么地方，和什么人一起，那些接合的缝隙里总有某城的影子。我想那是因为我在这里做些什么呢。在那些什么也做不了的日子里，某城像是背上长出的影子，日久成了芒刺，一端插在我的背上，一端尖锐地指向天际，成为我身体里的某个部分。在时间要交递给另一个时间的交界之处，在我的河堤公寓里，打在墙上的影子像是白垩纪存活至今的古生物，鬼影幢幢地跟你展示那些寒冷而贫穷日子里的遗迹。我经常想起某城的冬天里，一个人沿着干得像是双眼的河道，散步到动物园的事。想起了打烊前的动物园门口，那些从园里窄小入口出来的小孩们。他们看起来像是去到过年的另外一边，回来跟这边的世界报信的人。世界末日的传说传了许多年。但挪亚方舟始终没有停驻过我的窗口，把我和那些动物们一起接走。我想，那窗下的女人为什么要在烟火坠落的时候哭泣起来呢？和许多人在一起的时候，时间也忽然会变成一条可被触摸的引线，让人哭出声音来。还有那鬼魂般地在年的最后一日里，拖带着野狗的女人。她们哪里也没有去。

年要过去的时候，许多鬼魂是不会过去的。它们藤蔓般地在年的末尾横躺下来，蜷曲如同海岸线。凹陷的地方变成港湾。凸起的地方成为礁岩。新年开始的时候，那鬼魂就成为全新的地形，变成你脚下正在走的路。你攀登岩石，走一小段山路。迷雾来了，忽而感到似曾相识；你想：这不是你刚刚走过的同一条路吗？你就忽然理解那被你以为剪成一段又一段的年，原来是一个巨大圆的某一切面。它们服膺于那除不尽的圆周率，无法整除它那尾巴般的自己。于是你以为的过去，早已是未来的未来；而你正要开始的未来，你从前早已在过去走过了无数遍。

即使后来在某城以外的许多地方，我再也没有见过她们。

C 城的红花

一直不能给 C 城名字，不能将地点编织成字词。不能像台北一样地指鹿为马，理直气壮让那些陡然耸立的地景高楼，背对着蹲踞的地底捷运，无人的路口，在地名的词汇里若无其事。年轻时没有哭过的城市，日后想在写作里给它名字，竟都是徒然。想来我在 C 城的日子简单得像本日日撕去的日历，挂在墙上一日比一日变得更薄。一年四季，就都是日历纸上与我无关的风景照片。照片里的红花开得极艳极艳。像一种暗红色的星期日。在恍惚的凝神之间，忘了将日子翻页，那红花便也假期般地凝固在壁上了。

　　C城倒有一个地名离我所住的地方不远。公交车每每经过此地，车内的电子仪板爬过一行"秋红谷"三字，因这名字美到有点像是建筑工案，我老有一种人工复制的错觉：是什么样的谷地被整座栽植在城市的中央？从台北搬来时，我一直将它想象成一个巨大的谷，植满红树，火灾一样地延烧整个秋日。于是我在夏末打包一个屋子，把它原地连根拔起，一棵树一样地寄送到C城去。然而秋天过去了，那水洼一样的谷地公园里，却只有稀疏的几棵树木，简直像是我从台北原封不动搬来植下的生活。某日日记里莫名浮现的一行：此城的生活与此城无关。"秋红"原来是衰败的意思。

　　谷底的两端栽满日日抽长的大楼。从底部仰望更觉低陷。我曾想过世上的任何一种仰望大抵都并不健康。无论是楼或生活。谷边的大楼在夜里像是偷偷长高，每长一寸我就觉得自己水平般地生活在一条迹在线，几乎要被每日的杂沓一步一步踩陷进地底下。我搬进C城的第一个房子也像折叠在地底。那是一个位于公寓背面的房间。阳台被对栋的房子遮掩，终年几无天日。屋子里有一股固执的陈旧气味,像是生根植物般地,无论喷洒了再多的芳香剂也没有起过效用。每天我睁眼,都在这样的味道里缓慢醒来,感觉自己好像住进了另一个人的家里。而我是那黑暗中没有见过面的某人豢养在阴暗阁楼里的妻子。

那房子其实坐落在一个什么也没有的老旧集合住宅区,只有黄昏时搬着藤椅出来中庭晒太阳的老人们。从前我在台北的城里,很少见到这样的景象。台北城里的老人总是很忙碌,冬天里戴一顶小帽,很单一地进行一些买菜或搭乘公交车的活动。他们一个人外出,访友,上书店,在超市里购买蔬菜与卫生纸,然后快速地(简直不符合年纪般地快速)拖着小菜车隐身进公寓深红色的大门里,仿佛他们是不需像条棉被般地被拿出来曝晒的。可是 C 城不然。C 城的老人们,都有种泡芙般的松软。他们总是一颗一颗地凹陷瘫软在午后的光线里,很慢地烤着自己。我在睡及下午三点那种夹缝里的时间,从中庭走过,那些藤椅上打盹的老人们便会眯着眼看我,且并不移动他们歪斜一边的脖子。午后的时间琥珀般地凝止了,我在一切仿佛死寂睡去的街道上漫步,感到那松软的目光,都光线般地涣散在自己身上,而忽然不知自己为何身在此地了。

日子久了，我开始怀疑这个老旧的集合住宅区，其实是一个老人的集散地。他们一个一个地被安排住进那抽屉一样的套房隔间里，过着一种类老人院的生活。我曾怀疑这随着时间渐渐剥蚀的老集合住宅区是否也曾死去过一个两个衰老而枯萎的老者？他们的身体标本般地被从屋子里抬了出来，装进有着木屑香味的盒子里，再秘密地扛到红土的郊外去埋葬。他们像是在那个下午坐在那里被阳光给烤着烤着而后死去的。因为那过于干燥晴暖的天气里，什么东西摊在阳光下都会被烘成温暖的尘埃与空气。

但那毕竟只是我对 C 城的一种无妄的幻想而已。年轻时我对此城一无所知。既无亲密的友人寄居在此，也无有关于旅行的任何回忆。只有大学时代某次从花莲绕经台北返回高雄的途中，曾在这里转车。我记得那火车站前一块岛型的公交车转运站上针一样地插满了人。巴士站牌上纷乱地画着指标与地点（并且间杂着有关太阳饼的信息），好像去什么地方都可以。或许因为这样的缘故，C 城在我的脑海里，不知为何始终像是个被放大了核心的点，墨水那样滴一声地掉落在纸面。如同夏季午后斗大的雨滴。而我年轻时代的旅行却总像是那没有方向感的雨丝，一痕一痕地擦划在失去的路途上。火柴一样。

某城的影子

　　只有一次，是更小一点的时候，约莫小学三四年级左右，我跟着父母到此拜访嫁至此地的小阿姨。那是一个眷村似的小社区，围墙的两边栽满红花，在夏日蝉翼薄膜般的光影里，自成一道艳淌的荫翳。那阿姨是母亲家里最小的妹妹，有一个小我六七岁的孩子，长得很胖，眼眉神情很像洪金宝，我与妹妹常"金宝金宝"地笑闹着叫他。那是我记忆里唯一一次在C城的家族旅行，因为母亲的妹妹后来离婚，回到南方的娘家。我们再也没有过那样的一次与C城有关的旅行。而那长得像洪金宝的表弟据说被留在此地，和长大以后所听闻的许多寻常的家庭故事一样，与他原来的爸爸，还有新妈妈，一起住在那个栽满红花的小屋。

　　有一年暑假不知为何，母亲将这表弟接来家里，与我们度过了一个漫长的夏天。南方的盛夏白日好长，我们一起晚睡，迟起，用屋前充气的塑胶泳池洗澡。泳池的水好冰好冰，我们像猫一样地边发抖边笑着尖叫，光着脚在新铺的木头地板上奔跑，踩踏得整个午后的二楼都摇荡了起来。

　　有一个下午，我们趴在老家冰凉的磨石子地板上吃西瓜。西瓜的汁液流满了襟口，湿黏一片。是南方的夏日会有的那种蝉响，好大声好大声地蝉鸣，摇得整幢屋子都像是沙漏一般。我边嚼着鲜红色的果肉,问:"你为什么老穿着那长裤?不会热吗?"

表弟把裤管卷折起来,露出了胖胖的大腿上深深浅浅的红色,一痕一痕,红花一样。

他说,爸爸叫我不许给别人看。

假期结束,学校开学,表弟又被接回C城去了。那些腿上的痕迹,成为那个夏天里某个午后的小小秘密,在那漫长而被蝉鸣噪响包围的假期里,不停肿胀,不停肿胀,火灾一样地暗示了夏天终将熄灭的预感。只是多年以后我搬进C城,在那偌大的地图一角紧挨着一个地名住下时,竟想不起那个栽满红花的小屋,究竟坐落在C城的什么地方了。年轻时没有哭过的城市,日后想在写作里给它一个名字,竟都像是旁观他人之痛苦。草悟道、秋红谷……这些色彩斑斓的名字,某日搭车行经,念起来真像佛经上的一行。不明所以,只能被它遮翳。像是C城郊外满山的红土。我忽然就明白,在这火宅般的城里,那些与我有关的是红花。那些与我无关的,后来也是红花。

塔

后来，蓝帽子的女管理员就没有再戴上过她的蓝帽子。

她老是问：这包裹上的是你的名字吗？

我说，不是。这是前一个房客的名字。

问了三次。每次我都怀疑她的身体里被埋置了一颗自动归零的钟。每次她见到我，都问我：出门上班吗？你在哪里工作？今天吃过了午饭没有？

那经常是下午两点钟。我穿着宽松的棉衣棉裤下楼去便利商店，抱回碗装面。

旁人并不知道我在工作的途中。有时我自己也忘记。每日我起床，刷牙，拖着邋遢的睡衣爬上了计算机键盘，植物一样地给自己浇水。有时忘了喝水，一天就打开。

我的牙医有次也问我：你老在这时间来看牙。你的工作没关系吗？

他是一个老香港人。看牙很静默。每次我来到这座医生楼，在一幢旧大楼的第十一楼。电梯攀升。诊疗台前就是整片的落地窗玻璃。每月一次的某一下午两点钟，我固定躺上这倾斜放平的诊疗台时，都感觉脚底在十一楼悬空。

他说：啊——。他指示我。再张大一点。他用头顶的探照灯探勘我。金属制的小橇子"哐啷哐啷"敲着我的牙齿。好像一段敲打乐。他问我：最近说话正常吗？咬字正常吗？他的问题好像他矫正的不是牙齿，而是一种失语症。他想问的或许是一部乐器,每个键都在自己的位置上吗?我的一排牙齿就是白键。另一排牙齿就是黑键。牙齿推挤着牙齿弹奏出窸窣的音乐。

在香港的时候,H跟我说,见到你做牙套好开心。我二十七岁时做牙套,所有人都问我,你这么老了,做牙套干什么?我很不开心地说,我想做牙套,关二十七岁什么事?我开心怎么做就怎么做。我跟H说,我做牙套时已经三十二岁。我二十七岁想做牙套时,我的医生问我你几岁。他说,你有结婚的打算吗?好像戴了牙套就像戴了贞操带。戴牙套的人是不能穿婚纱的。H呵呵笑。结果我一直没有结婚。也没有做牙套。什么都没有发生,一直来到了三十二岁。

什么都没有发生。想望。计划。预言。可能。

什么都没有发生。只有缺牙的地方一直歪斜。坏掉的一直变得更坏。

搬到C城。某日看牙,香港医生说那下排缺牙的凹陷处上排牙齿往下坠了近两公厘[1]。人的牙齿竟亦是受制于地

---

[1] 公厘:毫米。

心引力的，仿佛钟乳。我问做了牙套法令纹是否会消失？下巴会不会变长？嘴是不是不凸一些？他很淡然地回答我：牙套只是牙套，不是魔术。回家的路上我马上打电话去预约要做了。

不是魔术。所以做与不做都不会改变。只是一年比一年老去一点点。买保险时保单上的年龄往上跳了一格。如果我二十七岁时想做而没有去做，为什么我三十二岁时不做？我所等待的末日或改变并没有来。我在等待什么？也许我从一开始就不应该等待。

C城的冬日晴暖，等不到一场阴雨的午后，我常常坐在窗前等一封挂号。一篇稿子刊出后的剪报。一本即将过季的期刊。

有时只是一封过期的电信账单。

它们从上一个地址被辗转寄过来下一个地址。每次搬家我就去电邮给我的编辑们："新的地址是……"我曾想过有一个人他拥有过我所搬迁的所有地址，像抓到一只猫不断滑移开来的同一条尾巴，那会不会是雷阵雨的午后朗读的一首诗呢？比如他重复，他知道重复可以使我幸福。但其实我只是在计算机荧幕前敲打键盘，跟一个未曾谋面的编辑说："新的地址是……"Backspace 键滴滴答答地将字吃掉，我是如此轻易地搬到了另一个地方，好像从没有住过"那里"，只是一直存在"这里"。有一次我接到一个陌生男子的来电。他问我：你是不是林森南路的前房客？我说是（他怎么会有我的手机号码？）。他说，我收到寄给你的信了。信封摸起来好像是一本书，怎么转寄给你？我说不用了那可能也不是太重要的东西（以致需要用一则真实的地址去跟陌生人交换）。但他在电话那头却先我一步地说了：可能是很重要的东西，寄不到的话，也许会有什么命运的误会（啊怎么可能会）……男子忽然羞赧地说，我去搜寻了信封上的名字，知道你是写作的人。我也写作。他吞吞吐吐地说。我有时会写作。

几日后信果真辗转寄来了。过不久又收到这男子的电话。你有收到那本书吗？我在忙乱的白日稿件堆里接了话筒，嗫嚅地说：收到了。非常感谢。又说了一句：不好意思，一直忘记跟您回电致谢。

男子在电话里忽然顿了顿，用一种受伤的语气说：不会的。我只是想会不会寄丢了而已。

后来我再也没接过他的电话。

理应也是不会再接到这电话。

白日里各人有各人的塔要爬。

有人在塔上垂下长发,有人在塔下仰望:把你的长发梯子一样地放下来吧!

攀爬是一件困难的事。

搬到 C 城时,我住在一幢公寓房子的二楼。屋后的阳台被另一幢大楼遮蔽。屋子里终年无光。老旧的木头地板有一处塌陷倾斜,每每踩过,都发出那种轧轧的咔啦声响。

住了第二年就搬到对街的另一幢楼。塔一样地换到了第十一楼。高楼多风,且再无遮蔽。每日我都在塔的顶端鸟踞着看远方。

某日下楼,蓝帽子的女管理员一脸凝重,没有再问我上班吗。她压低声音说,因为太臭了,所以她来回巡了好几遍。那男子被发现的时候,都烂掉了。已经住了十几年了。没有家人。只有一个出家当和尚的哥哥。就在二楼那个无光的房间。啊。那里太暗太暗了,什么也没有……蓝帽子的女管理员讲这故事时,她的脸也荫翳地熄灭了一度。

电梯上楼。电梯上楼。C城的百货公司,还保有那种古老优雅的电梯小姐的工作。我有时像煞有介事地去搭乘,跟穿洋服戴淑女帽的电梯小姐上楼,把双手紧贴着裤缝的车线。电梯攀升。有一次有一个中年女子带一女中学生一起进到电梯来。中学生看起来是女儿的样子。女子抱着她,非常亲昵地不停抚摩她的头发。在所有人都屏息的电梯里,女人不停地跟那穿着水手服的女儿说,你好可爱。你真的好可爱。

有人日日上顶楼。有人一直待在无光的二楼。

大楼的电梯往上时,数字经过二,我总想,啊,那无光的房间里住着的也许曾是我。那某日忽然老死在房里,终于融化成夏日窗前的一摊水的,也是我。只是在电梯往上攀爬的路途中,某个转弯,进入了某一则神秘的倾斜运算里,我没有抵达那个未来而已。

于是,每月一次,我又攀上了那塔楼,用腔口里的洞去见我的牙医。他淡淡地问:今天不用上班吗?他从没问过我从什么地方来,做什么工作。

也许他并不关心。当他用镊子撬开我的嘴巴,先于我的脸见到了我口腔里拔牙的缺口,也会把我的缺口,当作脸来凝视。

黑 牙

黑牙藏在脸部表情最隐秘的地方，不是大哭或笑，是看不到的。若有人对你暴露了黑牙的秘密，她必怀抱着羞赧的示意与相好。这当然是我的偏见。但西阵茶屋里的这个女人，与我素昧平生。我第一次看到她的黑牙，是她弹唱三弦的时候。有一个恍惚的瞬间，那牙在音节的唇齿之间，砾石一样地对我曝现，很快地，就被那涂满白粉的演出之脸给关闭了。

座中看到这排黑牙的人有谁呢？环顾四周，茶屋里的乐声喧嚣，杯觥交错。那些酒杯在低垂的灯笼底下，被拉成了长长的蛇影。那弹唱三弦的女人真有一排黑牙吗？她白粉末的脸孔在他人的蛇影底下，变成了一张斑马，有时转向我这边，对我咧嘴一笑；她一笑开，那黑牙就洞窟一样地开在斑马的皮肤上。据说只有江户时代以前的女人，会有那样齿黑的习惯……夜又坠落了一点了。我开始不敢抬起眼睛，和女子的视线产生交集，遂一直低着头喝酒。从这里如何回到四条通上的旅店呢？整个晚上，我都在担忧着这样的事。

绝食表演者

博士班毕业的那个冬天,因为某些缘故,我搬到 C 城,却仍必须每周通车一天到台北上课。那堂课坚若磐石般地开在早上八点(这种超现实的时间),难以排调,而我长年日夜颠倒的作息,又使我必须在整夜都无法入睡后的凌晨四点钟,背起整座黑夜出门搭车。冬夜的白雾把整个 C 城关闭起来。巴士摇摇晃晃地,从低烛光的转运站开出。这样的时间,连车站里小卖店的关东煮都沉沉地睡去了。车厢关灯以后，所有人的脸孔都阴暗了。我曾想过是什么样的人会在这种时间搭上一班开往遥远城市的巴士，仿佛流浪表演团。他们通勤？访友？逃亡？躲避债务？抑或像我这样一个被新闻标题谑称为"流浪博士"的女子，背袋里背一本卡夫卡，绝食表演者，在历经了整个夜晚的旅程之后，终于在黎明时抵达彼城，转搭捷运，和那城市里所有把白日规范踩踏的上班男女一样，假装若无其事地前往一个课堂。

　　别人不知道你背后所来的旅程，原来竟迤逦着一百多公里的黑夜。只觉得你的影子特别地淡，且被拉得特别地长。他们惊讶于你的脸有一半鳌在黑里，被车厢划过隧道的窗外阴影遮蔽。早晨八点钟的课室通常没有几个上课的学生。因为没有来得及吃早餐的缘故，我经常有种被书里的卡夫卡站起来哧哧嘲笑的错觉：其实你才是绝食表演者。在讲台前摆一个空碗，不等待硬币，那么我所等待的是什么？吃过早餐的学生姗姗地来了，一个小时、两个小时土拨鼠那样渐渐填满了空位。那些空位都满了以后，很快地，下课的钟便响了。他们纷纷站起路过，仿佛小说里的路人俯身问你：为什么你不表演点别的？

如果可以表演别的话，饥肠辘辘的绝食表演者阴暗着半边的五官说，我也想表演一些跳火圈之类的什么事。

但我只会饥饿。

我只能表演饥饿。

绝食表演者如是说。

那样的冬天是舒兹的冬天。是在地底养一张脸的冬天。舒兹说，冬天的日子是从两头削短的，一边是早上，另一边是黄昏。冬日像一支铅笔被削得愈来愈短的时候，没有人告诉过你这中间的白日究竟去了哪里？我想舒兹一定知道关于冬天的一种秘密：冷高压关闭这座城市时，天气图上有着羊皮纸般卷曲的线轴，分布着等高的数字。无数座迷宫埋藏在地底，像某次谁又倾了城那样地拂袖挥倒的楼台，积成废墟，鼹鼠一样地让谁也走不出去。在冬天结束之前，我来到这座城市的地底，用手指比画着要去的地方。因为捷运线的线路图又像中学实验课上的电路板那样整组地被抽换了。像一张别有心机的试卷，考验着忠诚与默契。但每次考试我都觉得肚子痛。每站起来离开一次座位，回来以后，我都必重新复诵一次淡水线沿路一站又一站的站名。

  年轻时我也曾搭过那样的夜行巴士，从花莲折叠了又折叠的黑夜缝隙里，沿着苏花的海开出。巴士里常配有一个随车的车掌小姐，因为东部的夜黑起来太彻底的缘故，她的聊天工作便显得十分重要了。有次我在座位上惺忪地听到她跟驾驶座上的司机说，以前开过的路线，常常经过她家，看到她母亲坐在平常坐的廊檐下，手里忙碌地做着小生意的工作……"我从没有从一扇车窗里由内向外地看过她，经过她，把她当作一个寻常老妇那样观看。那是一种很不真实的感觉……"苏花的路黑得像有狐狸将五官贴在车窗上，压得扁平。啊。那暗着半边脸的车掌女子真的说过这样的话吗？不知是她的话语，还是睡梦里被剪开缝补的痕迹，巴士在东部公路的小村里摇摇晃晃地。醒来时在天亮的海岸旁，海面上有花飘散。

  还有那样的一些冬日，是北城南下的国道巴士。车厢里的灯火熄灭了以后，窗外黑暗的嘉南平原，便无边无际地辽阔了起来。像是潜在很深很深的海底，会有发光的游鱼从窗外拂过。

那样的冬日，饿其体肤，空乏其身。据说天将降大任于斯人也。降了又降，竟是马奎斯般地降下了猫与狗。一百年的孤寂莫过于此。奇怪的是我表演饥饿，却从没有真正感到饥饿过。初进学院当个日日从图书馆搬砖回家的研究生时，我住在木栅一洞窟般的学生套房里。房间埋在坡道底部，不管什么时候醒来都阒黑不见手指。房里一方小小的矮桌，散落着砖块大小的理论书。白日我出得门去，在斜坡上的教室里，练习进攻与防御的技术。知识是以子之矛攻子之盾。矛与盾的平均分配，谓之多元文化，世界大同。啊。真有书本能永恒解决的事吗？那名之为"永恒"的幸福。夜晚我在一盏仅有的小黄灯泡底下，坐拥着那些作者尽皆死去了的书页：那些作者都真真正正地死去了。班雅明，死于自杀。德勒兹，死于自杀。西尔维娅·普拉斯，死于自杀。这些碎片般的废墟，要人徒手挖出灵光。一百年的孤寂莫过于此。某日我忽而理解了何谓表演一种饥饿。所谓表演一种饥饿，就是世界的本质即是一种没有回头路的消亡：我表演我活着。我表演，所以我尚活着。我活着。我饿。最后我死了。

表演的尽头，地底的尽头。我经常想这地下室四壁聚拢的墙外其实是一卡夫卡式的巢穴，蜘蛛指爪那样地四布着细小蛛网的甬道，接连着一个又一个密室般的房间。房间里一无人投影的荧幕，小型放映室那样地一格又一格地徒劳地播放着无声的影像。你从一个房间晃荡到下一个房间。忽然惊讶地发觉：那荧幕上失语的画面皆是你遗落的发生过的片段：你的母亲偷偷替你丢了一只弃养的狗。你的父亲某日开始在深夜的廊道上偷偷和谁讲着电话。你的祖父在 Google 街景车的拍摄下鬼魂一样地复活在所有人的街景地图上……还有你自己。你从二十岁跋涉至此。道阻且长，有时竟差许灭顶。其实你并不知道你已经死去过无数回了。那些你像影子比较淡的你自己，分身一样地散落在四处开枝散叶的街衢，像一把豆子撒了出去，再也无法将它们珍珠项链一样地一粒一粒沿着线索收束回来。你忽然就明白了，那许多年以后的一方夜行巴士，将穿行到哪里去。

它像一串断掉的珠子将穿行到哪里去。

卖艺人

研究所念了整整十年，日子的密度变成一种难以估量的单位，念书，发呆，横躺，滚来滚去。偶尔站上讲台打时薪低廉的工，分不清自己究竟是老师抑或学生。有次有个学生来向我借钱，说因为父亲的缘故，想搬到外面独自生活。我不知该不该告诉他我一周三小时的工作时薪只有六百块，不太可能让他与我都独立生活。其实说这话时我赧然的部分还占了更多，无关时薪低廉与否，而是看待自己的方式。生活是现实，可我的现实却是抽象的工作。这抽象的工作偶尔使我在一条黄昏的食街上，走着走着便漂浮起来，杂沓过纷纷的街衢，而后"砰"一声坠地。刚进研究所时我曾十分认真地想过，我可能过这样的日子直至老死吗？读书，寻找论文题目，接着陷入研究计划的无边地狱。其实我从小十分耐得住坐。独居以后更多的是两日以上不踏出家门的纪录。套房生活也是盆栽的一种。冬日时把自己埋进土里（那时我真住在一盆底似的地下室公寓，感觉被土掩埋），烤起电暖炉。土上覆盖的是什么？是没有尽头的日子？旷日废时地在矮桌上的书页蔓长。像末日灭亡后桌上剩下的一本书，失去主人，而莫名地停在某一页了。

　　时日久了，书里植物般地长出了影子，遂远离了书它自己原本所要说的；而我的一日就是影子比较淡的那本书。比如很长的一段时间，一本小布朗修在掌心里翻来覆去，钻木取火似的。深不见底的尤里西斯之海，终而也在倾覆间被摇晃成了一种浅薄的蓝色。是书本以外的时间稀释了它，让它的外边无尽推延，海一样地，成了我没有边际的日常。搭一班公交车途经一个从未下过车的小站。比如马明潭旁那一整排露出半截腰身的地下室公寓。每次经过时我总想起 C 老师在课堂上说过的，那写出洪水与黑眼珠的作者，就蜗居在这一带。只是两旁沿着斜坡鳞次栉比的灰旧寻常公寓，不知哪一扇的门窗里，才有一洼黑色的眼珠在窥看？而这是二十一世纪的第二个十年，洪荒似的洪水遥远得像是挪亚方舟时的事。我漂经此处，没有遇见打捞我的李龙弟或亚兹别，只是随着洪水被冲积到更下游的地方，仅是公交车上一个偶然的乘客罢了。

那样的洪水毕竟属于上一个世纪。轰隆隆地流灌过来，轰隆隆地离注而去。如同百年以前之人见到火车，竟是类似的震惊。但我们究竟在什么时间点，翻越了感觉的环节与纽带，将那现代主义式的洪水，治理成了数位时代的河？二十一世纪的两个十年，在脸书之岛中漂浮将尽了。初进学院时高筑的理论墙垒说塌便塌，某某主义几成瓦砾废墟。学院里有人说这是文本的时代了。"我们拒绝再走西方的老路。"像煞有介事的研讨会结论，但谁都知道没说出口的腹话是：万物通膨，修辞皆死。在这样一个贫穷的反语时代，胀大反唇的话语是仅剩的货币。从前买不到的高冷抽象之物如今贬得既薄且脆，让人轻轻一掰就应声断裂。美丽的东西是有罪的。静静的东西，也是有罪的。上海女子上一世纪的预言，言犹在耳：时代是仓促的，已经在破坏中，还有更大的破坏要来。我记得初进研究所时从景美上一国道巴士往新竹,去一个多风的校园旁听的海德格与克莉斯蒂娃。那原是一堂三小时的课,教材厚厚一叠英译本,密符似的。与其说是上课,毋宁更像是降灵。戴金边眼镜的中年女教授,在艰难曲折的哲学语汇间领路,走着走着便暗沉了下去了。林隙里的光影静悄悄地,覆盖了她的侧脸。海德格问:这是什么意思呢?

这是什么意思?

她问。像问给自己听。

词语临近沉默处,一片密林。

那像是林荫间的阴影,静谧地筛落在午后的窗台。没有人说话。却感觉树隙的声响,摇荡得整个下午的毛边都卷曲了起来。三小时的课拉成五个多小时,间杂着一段静默的时光。奇怪的是我从不觉得漫长,只觉得整个下午,都在无明的黑里沉浮。而离开那堂课时,教室外的天已黑尽了。在回程的国道巴士上,我总想:这一定是时代的某种奢侈了。可以让一堂开在研究院里的课,如此耗费,潜行如同修道。看不见的纺织机纺一支看不见的纱。话语的骨架"咔啦咔啦"

伸展,又"咔啦咔啦"收束起来,像是一种瑜伽。无用之用,这是感觉有点奢侈的事。

我也总想起那些年,我租赁的地下室套房,总有那样一个两个卖艺的人,身怀秘技般地栖居在此。斜对角的房间里有一男学生,肩膀上总是停栖着一只鹦鹉。男学生据说是魔术社,出门总戴着一顶黑色高筒帽。我想象一个住在地底的魔术师终年携带着他的鹦鹉朋友四处旅行,在魔术演出结束时将帽子摘下接撒落的铜板。帽子里一拉就有一千朵根茎相连的玫瑰花。他会否在那阒黑阴暗的地底房间反复地演练,为了使什么东西原地消失?为了使什么东西原地出现?

消失。出现。不见。舞台的布幕拉下。像是一个表演中场必然行经的套路与环节。在魔术里,你几次招来虚构的鬼魂。拉花似的死亡。还有那无尽无止、宛如棉花糖丝不断缱绻缠绵的时间。它们全被你收进了你的帽子里。你知道下一次的布幕拉开时,那不见的东西又要再一次地出现,从纸箱从耳朵从一切被遮蔽的孔洞里,绵密地一根丝线那样沉沉被拖出,像线的那一头吊钩着的是一只昏沉睡去的大象。所有人都张开了他们的耳朵。但你其实从没有从你的帽子里真正拉出过一只象来。布幕重又拉开时,你只是像一个卖艺的人那样仓皇地被推上了台。不在场的东西不能表演。那么如果我要表演的,正是那不在场的呢?推你上台的人说:那你就假装手里有东西吧。假装手边有火球。假装火圈。假装火过来了所以跳。你真的奋力纵身跳了,也只是假装而已。

  但我其实从没有真的假装过。在这个或那个城市里,早晨八点钟的课堂上,我像一只过老的乌鸦停栖在讲台上。黑色的羽毛像昨夜的掉发纷纷掉落在地板,蜷曲而成漩涡状。它们萎蔽而败衰。在这个清冷的早晨,我所表演的,原来仅仅只是我自己的命运而已。那样的时刻。我想起某个夜晚途经一无人广场,在那广场上遇见的一个女孩,就站在一整排无人的座位前,一首乐谱弹唱过一首乐谱。那是一个非常寒冷、下着小雨的夜晚。整条街廓空无一人,仿佛末日。我听见那年轻的女孩低声对着麦克风说:非常谢谢大家今天来这里听我唱歌。女孩又说,接下来这首歌是送给你的。送给你们(那回声拍打在广场的每根柱子,发出空气泡泡的"噗噗"声)。她说:我衷心祝福你们幸福健康。

交 谈

搬家的时候丢掉太多东西,这屋子如今连一根汤匙也没有。我不知为何会发狠丢掉那些锅碗瓢盆,像把整座生活都丢弃,却一直留着那几盒旧信。信封里的卡片雪花其实都是棉絮,有些写信的人还在,生活里像一同走一条钢索的人,人与人的关系真是微妙,冷不防"咚"一声掉下去,好像这个人从来没有存在过,只剩下绳索微微颤抖的细小声响,回荡在日子里。

　　支撑着日子的又是什么呢？飞快地打一篇稿，手指滑过键盘的声音敲得整个房间嗡嗡作响，仿佛这个房间就是一座乐器的体腔。有一阵子我极为努力地想当一个日光般明亮的人，于是背起计算机到图书馆去，正襟危坐地打字。但那实在是一件很困难的事。我不能穿着松垮的睡衣和厚片眼镜盘腿坐在计算机前，因为四周的人都是那么衣冠楚楚。光是出门刷牙洗脸与穿衣就令人感觉十分辛苦。不出门的时候我可以整天不洗脸不擦牙坐在计算机前打字，与人用键盘交谈。仿佛一旦梳洗就意味着缴械加入白天生活的队伍。在图书馆里我尽量保持一种不打扰人的状态，集中注意力将眼睛放在荧幕上，用敲打键盘的声音掩盖那磨石子地板的纹路发出的声响，还有角落里盆栽的存在。磨石子地板上斜斜晒进的日光忽长忽短。忽然斜对桌一个男学生一个箭步走过来，用手指轻声叩了叩桌面：能不能请你打字不要那么大声？

　　有时候这个世界是这个样子的。可见与可听见的干扰永远大于听不见与看不见的东西。人们喜欢衡量别人的苦痛，仿佛苦痛是市场或路边能拿来叫卖的东西。人们问你关不关心街友？关不关心贫穷？你隔着一层横膈膜般的透明薄膜感觉自己的关心,并且压抑着喉头里一颗颗滚落的小石头。你四肢完好,衣履宛然,皮肤没有裂缝,不会有什么流出。这种状态让你很难跟别人解释你喉头里的小石头,还有那些图书馆里藏匿在饮水机后面的盆栽。它们是如何让你感到心慌。仿佛你眼睛一从计算机移开它们就瞬间偷偷移动了位置。有一阵子我不断弄丢我的钥匙与钱包,不断断讯,我不断去各个银行捷运站钥匙店的柜台重新拜访,然后有一天我忽然察觉,这些东西一定都不是自己走丢的,它们是被某一隐形看不见的人给偷走的。察觉到这件事后我的生活瞬间掉进一种恐怖的深渊,无法对人说明,而且难以解释。我飞快收拾计算机离开了图书馆,感觉整座亮晃晃的白日炙烈地在背上烧了起来。

当今这个时代是一个反语的时代。发声首先是必要的。重要的是必须先告诉别人:我知道我的位置。这句话的隐语是什么位置其实一点也不重要,没有人真正在意你支不支持同性恋、反不反对战争,而是你的位置有没有暴露出你的无知。清楚布置的人比起一个理念坚定的人来得更被尊敬。我进博士班的第一年,有一老师就告诉我:你要明确告诉别人你为什么在这里?为什么不在那里?这比起你宣称"你在哪里"来得更重要。她且告诉我这即是"攻防"的真义。曾几何时防备已经变成一件如此抽象的事？像是空气。声音的尾端永远追企不上意义。又或者搞错的人其实是我。我每次离开研讨室，沿着一条几近垂直的山路走下山时，都感觉疲软而没有尽头。博士论文初试时考到一半我竟哭了，竟说其实没有毕业也没有关系，把在场的人都搞慌了。有一大半的原因是我忽然不知道自己到底为什么在这里？因为一个讨论的场合？这场合是被什么所召唤出来的？它究竟抽象还是具体？而我又是什么？是拿着稿本念台词的演员？下了戏后回到生活，然后再被另一档戏的轨道粉碎碾过。生活的片面，空间的切换，不过是逢场罢了。

　　日后我发觉是我一开始就把假戏给真做了。可是做得那么快乐，连真假也不那么重要。我真喜欢那些莫名晨起的日子，在天空尚是清澈的深蓝色时，没有一点日光光线的干扰，沿着公寓外的河岸散步。这条河我曾在几次下山的途中，从山路顶端远远地眺望。好像它本该就是那样肠道般的细小。河岸的人从山上远远看不见，只是一个又一个缓慢移动或静止的小点。距离能使时间延长，使消逝之物冻结。沿着河岸旁散步的时候，我感觉自己在山上的某个人的眼睛里，可能活过了长长的一生。他一阖眼，我便在远方死了。

而远方有些什么？一封寄出而没有回音的信件。一行早已抹消的地址。一个朋友再也没有音信。搬家以后寄来的最后一张明信片：终于要拔根离开花莲了。胡萝卜走路般地。我曾以为他会生根植物般地永远在那遥远的东部住下，成为年少遗迹的一个永恒的看守员。那张明信片投递到我在台北学校的邮筒以后，我便再也没有见过他。他变成了一个拖带着根须的树洞。洞口被这每日蔓长芜生的荒草掩埋。那洞里的隧道随着 MSN 或 BBS 年代的消逝而愈拉愈长，直至火车驶出，那树洞将永远地关闭起来。他到什么地方去了？我们曾在暗黑的文学院角落练习交谈，并且以此躲过一次又一次梁柱上停栖的鸽群的攻击。那攻击像羽毛般地轻，如同小城里几无任何时间的实质之感，足以使一切都墙上漆屑般地不断掉落。啊你东西两岸的亲友故朋能指的一环，一千零一夜，环的外面还扣着环，父亲为何是父亲？母亲如何能是母亲？永无抵达的所指。我们在那小城里的另一座虚拟之城上打字，写没有人看得懂的日记，在 BBS 的暗黑荧幕上，隔着像是光年般的距离。光年以外的是谁？谁都有那样一个固着而不可替代的英文字母。比如我的 C。二十岁时视力检查表上的 C，带着永恒的缺口。

　　用这缺口来指称我。把我写成 C。把我的肢体弯折成屈。

把我环抱的自己装进箱里。时光之匣。魍魉之影。带着箱子坐火车的男人在无人的南回车厢里睡着了。他的箱里装着的是什么？那是一条非常非常寂寞的铁路。没有人上来，没有人下去。在东部那样长而摇晃的缓慢车厢里。只有一个列车长会摇着铃过来。那些沿途的山村小站一个个都像雨洗过般地安静站立。车窗外的山地女人睁着眼睛从月台上看我。那黑而亮的眼瞳像是鹿一般的，是一只充满着谜面的钟。火车把我送回西部以后，那座网络上的虚拟小城真的就倾塌了。渐渐被脸书上一张又一张的脸淹没。画上了人皮我们与新朋友对坐：你好。安安。安安过时了。我是美图秀秀。

　　这些都会淬砺在时间的河。变成石子。一整个时代的海市蜃楼都在这里。我们还有什么可交谈的？理解这些以后我每日出门买水，上市场，在昏暗无光的屋里做晚饭，感觉自己其实是生根植物般地被自己浇灌。那些街巷的傍晚倾塌下来像一种几何的歪斜，日子忽然就是一条几经踩踏而扁平的线了，我忽然惊觉交谈在这时代老早已被置换成了交换。交换什么？交换以那视力检查表上的 C。那 C 拓在旧信盒里的一张老旧明信片，像一枚脱落了指纹的印记。年少时我总惊怪于传真机印出来的字，终有一天竟是会像沙滩上的名字那样被海潮吞噬，而多年以后，在一旧皮夹的破烂夹缝里拉出一张无字的火车票根,地名与时间尽皆消弭。也许它原本就无有任何字迹,无有名字,无有故事。是我自以为搭上了一班车去一个地名叙说了一个关于它的事。

那样的一日。也许我终于像甲板上的人鱼一样,长出了一双踩踏在泥岸上的脚,而永远地失去了声音。

壁上的字

那些年,我每天都用手指在掌心写字。写个"人"字。假装吃下去,再出门。晨间吃进去的人,午休时间就呕吐出来。像一整个上午的消化不良。工作的地方除了我以外几乎没有任何女性。在那一小间整理得干净明亮、极少使用者的女厕里,没有人知晓。

那时我在一古老建筑物改造的纪念馆工作。做的是展场文物的编目工作，偶尔被派写一些评论文章。工作本身并不困难，大部分时间只要面着壁前的计算机荧幕打字。纪念馆正在进行百年翻修的工程，到处拆得光秃秃地。有一次那年老的馆长和我一起戴上工地帽进到场地去监工。他指着一块因装修而被拆卸裸露的斑驳墙壁，对我说："你要不要在这里写字？写个秘密，下次被发现，还要再一百年。"

我不知道他为何突然要那样说，好像他真的知道我有一个秘密，暗示我最好自我揭露。也或许那只是一个无意义的玩笑，是我做贼心虚地当了真。在这个四处皆是历史泥沼掘出的物品布置的展示场，理应四布的是谜底，而不是谜题；那么又是为了什么，每每经过那面墙壁时，总有一只谜一样的眼睛，悬吊在墙后监看着我？纪念馆里终年阴凉凉地，访客稀疏。即使有人不慎误入参访，也像捕蝇纸那样地，张开着门口的孔洞。馆里的中央有一个半圆弧形的灰色墙面。沿着墙缘绕一圈，赫然就会在墙面的背后惊觉，那弧形的墙后内里其实挂满了死者的照片，自成一种骇人的静谧。在这个和创伤有关的展示场，玻璃柜里散落着遗书、血衣与枪弹。像一个古董市集。每隔一阵子就有人拿着文物来抛售，在不开灯的会议室里隔着百叶窗的缝隙，声音被切成一条一条的暗影:"这是秘密。"每个秘密的伤口原来都有价钱可标,为什么我的没有?

那时我的博士班念到一半。课已修完,再不用到学校去。然而学位论文尚没有着落,人生顿时空旷得前不着村后不着店。胡乱做了糊口的工作,反正不知做什么好。面试时我的主管很满意地说:"你念台文,很适合这个工作。"我不知道自己是否适合这个工作,只知道除了发薪饷的日子去买一件洋服,以外的每日,都不很快乐。不快乐的原因是什么?是那堵计算机荧幕背后的墙面,墙里的东西,教人百无聊赖地投掷壁球,在心上碰碰磕磕地撞出凹陷的什么?有次有个受难者后代承包的案子进来,关于每年的纪念追思会上朗诵的诗,写得极糟。"这不是诗,不是受过伤的就都能称为诗。"我抗议。"诗不是伤口。诗是伤口以前或以后的东西。"

会议室里静悄悄地,为了摆脱这种无声的尴尬,有人先呵呵笑了起来。笑声被百叶窗的缝隙切得一条一条地。虎斑猫的猫背似的。他说,你是孩子。他没说出口的话是,你还没有真的想过活着这件事,没有因为想活得不得了那样地拿自己的伤口上街去叫卖过。

时间久了我渐渐理解，关于世上的算式，从没有谁积欠谁这件事。如果有什么使我们真正感到痛苦，那也从来不是暴力本身，而是一种偿还式的循环，圆周率永远除不尽的圆，一圈一圈地，没有终点，使人终于失去了说话的能力。

那或许就像梅尔维尔笔下的抄写员巴托比，对着一面墙壁回应世界，关于偏好的提问。巴托比从不说 like，说的是 I prefer not。两个语义彼此相反的词并置在一起，究竟是 prefer 还是 not？负正得负，梅尔维尔要说的是，关于语言这件事，只有坦荡荡的正与负，能抵达一种磊落的纯粹。而负正与正负，才是这个表面看似亮晃、实则脆弱一如舞台探照灯光的世界，最为普通的常态。

生命是芜杂的。有人后来这样跟我说。你能用语言诉说的只有境遇，境遇与境遇。李龙弟在洪水里救了一个女人，从此失去了他的妻子；亚兹别在路上遇到了一个女人，他再也没有回到他的小镇去。

离开了那个工作，回到租赁的公寓，我又开始在墙壁前打起字来了。不同的是这是我自己的墙。只有自己的影子投射在其上。白日里我把自己关在公寓的楼上，深沉地睡眠。

隔着一堵墙，窗下是车声流动的地下道，黄昏时下班的车潮穿越整个中正纪念堂的地底，呼啸爬坡而来。轰隆轰隆地。像一卷滚滚的洪水。那地道上方所经的广场，有一年的整个三月，都杂沓着静坐的人潮，将水泥地面踩踏得砰砰作响，几乎倾塌。不远处有历史在火堆里"哔哔剥剥"地烧着，燃烧殆尽以后，它会在未来的哪一本书上被以史前的文字写下？但我从未下楼去到那里，摇撼小旗，跟谁会合。夜晚我起床，在仅有一盏小灯的公寓书桌前敲打键盘，一字一字地，像是石器时代的壁画那样地，将岩壁的纹路刻凿在空白的文件档案上。

那些年，很奇怪地，我变得很少跟家乡的母亲联络了。连电话也没有。我不知道那是什么样的原因。也许是我再也难以用一个简洁的句子，如同童年时母亲所告诉我的睡前故事，即使再怎么恐怖也还是洁净的，去指称世上凡此种种经验，将它养乐多的棉线话筒那样地传递给南方一封闭小镇的母亲听。在遥远的北方市镇，时间在那里积累成各式各样的名字，把我地层沉积般的一层一层覆没。每一个叙事的主句都火车车厢那样地拖带着一节又一节的子句；who, whom, which, 这些关系代名词像极了车厢与车厢接连的转圜地带：这一节车厢载满武器，瞄准窗外扫射，下一节车厢敌人忽然就变成了自己。语言的剩余,其实是剩下来的四根手指,教人再也无法真的用一根食指去指陈,关于经验的秤两与论斤,孰轻与孰重;关于心上的天秤一公斤的棉花与铁(那样古老的课题——),究竟该如何估量与算计。有一瞬间我忽然就明白了那壁上的字,为何最终都将成为秘密。因为它早已在时间开始启动的瞬间,就注定成为秘密。

学生宿舍

印象中我曾住过几次学生宿舍。那是我与那个学校都还年轻的时代。有一年的冬天,十二月的时候,王菲刚唱着《笑忘书》时,我就住进了那个有着小窗台的两人房里,度过了蝉一样睡眠的冬日。寒假里学生餐厅都关门了,我没有回家,一个人住在寒冷的宿舍房间里,用电陶锅煮热热的稀饭来喝。在房间的窗台看对栋窗口里的灯一盏一盏地灭了。走道渐渐安静下来。冬天到了尽头的时候,终于只剩下我的窗口悬吊的一盏灯火,在漆黑无声的校园里摇晃着。

人都离去以后的学生宿舍,有一种只属于家具本身的气味,从走道两旁的房间门缝里渗漏出来,河流一样地拢卷了我。那味道好像还摸得到物质本身的纹路。好像只要用力呼吸,就会感到胸口的腔洞那里,被什么给阻塞住了似的。室友离去的床铺空空的,棉被的折痕十分坚硬,好像豆腐般地在那床铺的上方渐渐地凝固、冻结。有东西在床架的上方沉积,发出"咔啦咔啦"的隐秘声响。那宿舍是由几幢独栋的四层楼洋房建筑,围成一个小型的庄园,有着斜斜的屋顶。庄园的门口有一座塔,据说是这学校初兴建时建筑师的浪漫想法,于是校内的每幢建筑物旁侧,都有一座外观不一的塔楼。白日里那塔高耸伫立,常有鸽子停栖。谁也不在意塔上有着什么。然而久而久之那塔竟像是在夜里偷偷长高了,低头俯视着我们,像有人从上面垂吊着一根麻绳下来,要把谁给吊上去。可是谁也没有真正到塔上去过。我记得年轻时我曾写过的一篇小说就叫作《塔上的女人》。是关于一个女人天天来到一座塔下的故事。小说的结尾,塔与女人终究没有彼此攀登。这是一个从来没有一位"塔上的女人"的故事。小说的最后,女人携带着她的天线,到另一个城市去生活了。

离开那个多塔的校园,我真的去到另一座城市,像小说里没有被写完的女人。研究所换了另一所学校,去到一座古老的学院。学院沿山建筑,宿舍散布在山坡的各种不同斜度上,仿佛中学考题里的阿里山林相,从低纬度的热带雨林一路蔓长,变成高纬度枝叶细长的针木。每幢宿舍都各自有各自的姿态。共通点是那些陈旧的、仿佛生根植物般的宿舍甬道总是一径地黑暗。像一窟窟张着嘴巴的洞。使人消失,使人不见。今日被吞食以后,明日又被同一张嘴巴吐出。那宿舍因此亦是一永劫回归之地,时间的场所。

我从没有住进过那所学校的宿舍,因为床位不多的缘故。但有一个民族所的朋友,总是经常邀请我到她的宿舍去。女博士生的房间。在校园侧门的对面,几家饮食店隐蔽的后巷旁。这里不若大学部的女生宿舍总有斑斓色彩的恋爱情节沿着墙围上演。恰相反的是斋房般的肃穆氛围。友人住的是单人房,房里堆满蒙古民族的研究用书。令我印象深刻的是那房里附设的床架和医院病床的样式几乎一模一样,床框是冰冷的铁架,很适宜上演阿莫多瓦的电影。我想若是友人被绑在这床架上我也并不会太过惊讶。那毕竟是一个阴霾的午后。宿舍的洞窟里逆着光。雷阵雨将下未下之前,墙里发散着一种土腥的气息。记不清是因为什么缘故,只记得我们聚在一起烦恼着论文或口试之类的事。从百叶窗帘透进来的苍白的日光,把我们的脸切成条纹般的斑马。因那靠山的潮湿地气,我总有那宿舍的外墙满布着浅褐色苔藓之感。也许那宿舍从没有过什么湿潮藓类,是那古老的洗石子地板发散的阴凉气息,使我有了这房间蔓爬着苔藓的奇怪错觉。

研究所的生活低伏沉寂。个人有个人的负重与活路。每个人都是单独运转的星体。时间的计数像是以沙漠中偶遇的树作为单位,地平线拉得又远又平,几乎看不见。有次我与这住在宿舍里的友人约在校门口旁的快餐店。友人来了,戴着口罩,一脸黯然。她告诉我,最近因为某种缘故极少出门与人见面。

脸上长了很多很多痘子,简直毁容。根本不想出门见人。朋友边说边把口罩拉下来。

我们依傍着快餐店二楼百叶窗的光影。西晒的日光又将我们变成了一匹斑马。因为是夏日,店里的空调开得极强极冷。那使得覆盖在我们身上的光,都莫名地冰寒了起来。在荫翳与光亮的交界处,我仔细地看了看朋友的脸。

友人的脸其实没有任何痘疤。那是一张简洁的、只有光影条纹横亘在其上的脸孔。

我忽然想起某次在那女研究生的宿舍走廊里，偶然遇见墙上镜子里的自己。那其实是一面平凡无奇的长镜，在任何老式的学生宿舍里都可以看见。出门上课的女学生们日日经过这面镜子。在离开洞窟、踏进夏日亮晃晃的白日以前，她们必会在这镜前掠过自己的脸，把那只属于这个宿舍的荫翳的五官，存放在镜子里。只是那个无人的午后，三点钟的日光将镜子里的长廊，摇荡得晃亮了起来。我忽然驻足在那面镜前。那镜中身后的走廊长而阒黑，几不见底。在明与黑的极致反差里，不知道为什么，我感到有点晕眩，并且因此而使得眼前镜中的自己，五官的线条与轮廓，也缓慢地分岔开来了。

从那洞窟般的学生宿舍里走出来的友人，究竟在出门前的镜子里，看到了谁的脸呢？这样想着的时候，就想起那宿舍苔藓般的墙板，为什么会如此地阴凉呢？还有那阒黑的长廊里，洗石子地板的缝隙，传来水泥松动的潮湿的气味。

而雷阵雨很快就要下下来了。

在车上

　　有一日,沿着中港路,车子的广播忽然流出了陈升的歌。电台里有一个低沉的男声,他说,秋天到了就适合听陈升了。我没有停下车子,在原本要去的地方,轻易地擦过,将路开到了一首歌的尽头。说来可笑,在这座城里其实没有什么我真正要去的地方。没有课的白日,我经常一个人开着车,沿着这样一条笔直的路进城,穿越高架桥底下的涵洞。进城的路上，这样接续而来的涵洞总共有三个。它们底下的阴影把我摩擦成一只光影交错的斑马，和其他的斑马放驰在这理应加速的道途上。也许我该问的是"能"而不是"要"：在一座不知该以陌生抑或熟悉待之的城市里，沿着一首往日的歌，我能将一部小车开到什么地方去？白日里我在边郊的超市买菜，提卫生纸，抱回猫砂与粮食。在刹车板与油门的缝隙间，忽然想起了很久以前在北方的城市，为了听完耳机里的一首歌，而在恍惚间坐过了一两个捷运站的事。

中港路其实已不叫作中港路了。在我搬进这座城的时候。它早我先认识它一步地被改换了名字，成了另一条路。如同淡水线倏忽转了弯，移花接木地。某天以后，某些必然的抵达忽然失效。比如有一天醒来，我就忽然醒在这岛上中央的城市。离什么地方都近，离什么年纪都远。

不开车出门的日子，我亦曾拿着北城寄居时买的悠游卡，在岛一样的公交车站上车。十公里免费。再十公里免费。胶水一样地把那些截了头的短路黏接在一起。三十岁以后从头认识一座陌生的城，和在这个年纪重新结识朋友一样地困难。心与皮肤老而坚硬，指尖的指爪细长锋锐，而所有的感官竟都是破碎。常常，我在一公交车不断绕路后的某地站牌下了车，往前与往后，皆是再寻常不过的街市风景。这里是什么地方？我无法辨识眼前的风景与过往居住过的任一城市之差异。它们皮肤一样地覆盖在我的表层，几乎只是一张被褥。

　　后来某日，我就忽然理解那半透明状的薄膜所为何来了。没有伤口的地方，没有种植。终没有一棵自己的树来遮蔽自己的影子。心室若是轻斜地偏移，日晷一样地，一公里也是异乡人。

搬到了此城才开始学车。如同搬到花莲才开始真的写字。往往一种技艺来自一种命运,一种命运则决定了心底寄居的一座城池。我常想人与一座城的关系往往来自某种偶然。而成年以后搬迁的地方,便因此像是继母一样的存在物。某段时光逝去,你不得不被催逼着跋涉一段路程去抵达另一座城;租屋,购买简便(而易于装箱或抛弃的)家具,熟习新的通勤道路。这些寄居的城市个个都像是某种托孤。生活所剩的余裕,皆耗在和解。二十二岁我刚踏进台北时,也有过那样一个多雨而尖锐的继母。冬季盆底的水气阴湿浸骨。东北季风刮人脸面。我与她共同居住在一个屋檐下,有时被她杀死,有时我杀死了她。

内残自毁的日子毕竟属于二十世纪,过不去的日子亦是。但过着过着,竟真的过去了。搬离北城时我想,我永远也不会喜欢这座城市,如同世上长久并存的许多关系:并不喜欢,只是习惯而已。而今我搬进中部的这座城市,竟已跨越了那条三岛由纪夫纬度,在日复一日的重复中洗涤着一条又一条的日子,缓慢学习在一篇文章里安置此地的名字。往往人用写作去指称故乡甚或一个陌生的他方是一件相对容易的事,但要指称自己继母的名字却需要长久地练习。每每在新的城市里我自介"我住在……""我是……人",都有一种害怕被谁拆穿的罪恶感。日常话语掩蔽了那些迁徙的路径。像是日日浮在这座城上三公厘处,假装脚踏实地的生活,忽而竟也理解"汗毛竖立"四字是一种什么样安静且无声的意思。因为每根毛都没有紧贴着皮肤,哪里都可以生活,却也哪里都没有活过。

此地其实待我不薄。秋日的日光凉薄如蝉翼,抵达沙鹿前的海线斜坡,整个下午就有了那种芒草的金黄。冬日高旷,坡上的电塔孤独而荒凉,冷高压的线轴压花般地压过了天空,多的是干燥花般低垂悬吊的日子。春夜多雾,有时在一条暗夜的路上,我开车爬上了大度山的坡。山路低缓,开着开着竟忽而身陷五里雾中。挡风玻璃霎时一片朦白,只剩下远方雾里的车灯,一明一灭地,像在夜路上忽遇见了一只打着灯笼的白狐,被它的尾巴摩挲了脸颊。

但我其实已离作为一女儿的时期甚远了。

结婚的时候，迎娶的饭店订在梧栖港旁，一个面海的房间。港边起重机的灯光终夜明灭。我几乎要以为这是在异国的某城了。海滨码头空旷无人。这就是我某日老死埋骨的城吗？旁人说拜别仪式时应要哭，或许正因为这"应该"二字，在众目睽睽的企盼之下，我竟哭不出来，甚至有点想笑的氛围。像小学时被点到回答问题时的尴尬气氛，既说不出是也说不出不是。其实我应该像个成人，说些什么来结束这回合，毕竟没有人想被悬吊在那里。成人的意思是：要尽量让别人感到舒服。最终是成人的母亲出声解了围：算了吧。免这工夫。以后你就是此地的人了。

母亲不会知道，在许多时间的节点上，往前与往后，我总是无话可说。丢掉扇子。泼一盆水。踩踏火炉。踏过火炉的时候我曾幻想那白纱的裙尾会不会就此烧了起来，扰乱程序，延迟仪式，所有人惊恐一遭。我应许会在心底哈哈大笑。年轻时我在张惠菁的小说里读到，出嫁的新娘从礼车里丢出去的扇子正恰好打中了一只猫。忘了那猫后来是不是摇摇晃晃地站起来，抑或就此昏死了过去。所有的叙事原来都为了绕路。

而大度山的这一边，其实是难以绕路的。路熟了以后我才知道出了国道涵洞往东海方向的中港路是一条极逼仄的路。每日有通勤的人从城里出来工作，从城外进城上学。路的两旁看似分支甚细，都是逃避与绕路的洞口，然而细路多歧，尽头不是永无终止的绵密巷弄，便多半是戛然而止的死路。我曾想过避开中港路下班时间的尖峰车潮，将车子打弯开进了工业区里的产业道路。殊不知厂区里的道路星罗棋布，根本无限延伸的歧路花园。天黑下来，我却还在路上打转，找不到通向联外道路的方向。路旁是中南部工业区里随处可见的大排水沟渠，水声"哗啦哗啦"作响，鳞次栉比的低矮厂房一座接连着一座。偶尔有几个大眼睛的外籍劳工停下脚踏车来注视着你。他们的眼睛闪烁着困惑的星芒。这里是哪里呢？我究竟把车开到了一个什么样的地方？很奇怪地，是在那样一个日常生活的化外之地，没有游客，没有在地的人。我第一次隐约地想起，这里是一个叫作"台中"的地方。

不塞车的日子，从校门离开。只有中港路能抵达中港路。这一次，开车的是 J。

我问他，大度山究竟在什么地方？为什么没有人告诉我它明确的场所？J 偏着头想了想，说，这里就是大度山吧。或许，我们住的地方，就在大度山里。

但是我们从城里回来，走同一条路，笔直地爬到高处。这条路两侧的高楼几无变化。一点也没有上山的感觉。我说，我们真的在山上了吗？为什么路没有转弯？地理课本上说，世上所有的山路，都是蛇一样地盘着山往上爬。

山脚就是这座城的脖子。每次，车到了国道的高架桥下，我都会想，啊，这里是肩膀，紧接着是脖子。过了朝阳桥，慢慢抵达城的唇。城之心。开车的时候，真像是接吻。四脚轮子滚着滚上了城的脸。即使是陌生人，亲吻几次，可能也会产生爱吧？这真是一个过于浪漫的想象。仔细一想，亲吻几次而产生的爱哪里浪漫？真正的浪漫是一条一去不回头的路，一见钟情，所以无须回返。仔细想来，那日日压碾过大度山的中港路其实是一条坐三奔四的路。苹果皮般的下山方式毕竟是属于高山的。被中港路划过的城郊的矮山，只能是电剃刀般地在后脑勺上推延着,推延着,终划过了整片山坡的植被。所谓前中年的一种风尘仆仆,大抵如此。

天涯歌女

搬进 C 城任教的学校,宿舍在一条荒僻道路的尽头,杳无人迹。常有开错路的车在路的尾端回转。他们要去的往往是牧场之类的地方。有次有个男子停下车来问我教堂从这里怎么去。我指画一下,他并不知所以。这是当然。世上总有些地方没有被人造卫星或 Google 街景车收纳进去,比如我所在的地址。有谁会在地图上特地为谁指认出一条哪里也不通往的路？其实男子要去的地方并不是教堂，而是教堂旁的女学生宿舍。他告诉我，他的女儿在那里等他，要和他一起把冬日的行李搬回北部的老家。

印象中这幅情景在我大学时代几乎没见过。也许我大学时所念的学校远在后山的花莲，同学大多来自西部，长途跋涉往往需要两天一夜的时间，因此少在宿舍区看见这种一家大小棉被行李迁徙的景观。我永远记得一个寒假，我与一位下学期将要休学的朋友走很长的路，到学校附近的小火车站去搭车的事。那朋友将一巨大行囊背在背上，拖着一口行李箱，我被分配到的是一只有提把的锅子。在火车站的月台剪票口，我慎重地将锅子送还给她。"以后的路，让这只锅陪你一起走。"当然我并没有说出这么搞笑的话。冬日的空气凉薄且寒，且莫名地带着一种透明的蝉翼之感。我不知道和这位友人分别以后，还能用什么样的方式联系她。那毕竟是一个还没有聪明电话的时代。选择一班火车等同选择一个自己的时间刻度。回家则永远是一个人的事。而写作可能也是。无怪每年在创作课的课堂上提到余华的《十八岁出门远行》，教室里总浮上一层不置可否的断代气氛。或许现实里有路可退的时候谁也不会想过真的写作。每年我都告诉修课的同学，有许多事其实比起写作更容易让人快乐。逛街。旅行。游玩百货商场。写作究竟是什么呢？每年在课堂上我们所演绎的，毕竟只是马戏般的杂技罢了。

　　C 城位居台湾的中央，离南方不够远，离北部亦只需两小时车程。高铁轰隆隆驶进来的时候，"故乡"这个词汇被碾出了无尽的毛边，芒草一样地。奇怪的是我哪里也没有去。也许再也没有一只锅子魔毯般地飞碾进我的生活，神灯巨人那样地把我带向遥远的他方。抛三奔四的路上友人间最常听闻的交谈：结婚与否？买房贷款与生产与否？（初始我很惊讶生孩子这样私密的事竟亦可在各种社交场合被理所当然地谈论）皆是种树般的植栽工作，需要小心呵养。植栽的意思是：你掘了一个洞，把自己的双脚深埋，然后就此变成一棵树接受各种灌溉。我听过一种施灌枣树以牛奶沃肥的植树方法。我想那枣树必定在夜里立地变成婴儿。它会否在奶与蜜的乳夜里梦见自己的旅行？不知梦中梦见自己的枣树本人，究竟是一个婴儿，还是一棵树？它的脚趾会不会也沿路开出了花来？朝马下交流道的中港路两旁，地方客运的五花招牌一字排开：台西，麦寮，鹿港，斗六，虎尾，布袋……那些地名签诗牌阵一样地沿路散落开来。如果年轻一点，我或许会在此地跳上任意而来的一班车，以为它们指向各种命运。

属于命运的，毕竟是另一件事。初教书时我有时会被十几二十岁的学生问及以后的梦想是什么之类的问题。这提问对长他们一轮的我而言显得天真且让人不知所措。我想他们并不是真的问我，为的或许只是一种说话的感觉。年轻的时候，胸口的地方总像破了一个洞，需要很多说话的感觉。需要话语像水泥一样填补那些空空的洞穴，最好密不透风。四年一轮送走了输送带上的学生，他们究竟到什么地方去了？还在某地某家公司某个工作场合的荫翳处孜孜矻矻地写作吗？不为别的，也许为着的，也仅仅只是一种说话的感觉。真正的说话，像歌一样。让人唱着唱着就哭了。像海岸的岩穴里栖息着冬日的动物。骨骼发出声音的时候我真的知道自己正在歌唱。歌里唱着的，究竟是歌中的自己，还是听歌的人？也许写作从来不是为了歌人或者歌。在未来的时光里，世界毁弃，钟鼓消糜，一个国家在灾难中连同字词一起被完全地遗弃。那些意义在字死尽了以后成为飘荡的鬼魂。许多年以后，被人从遗址的黄土里掘出。"这是什么？"困惑的考古学家摘下了他的小帽子。没有人知道的一段故事轻薄如蝉翼（这真像是多年前那个冬日的山村小站它在严峻的东北季风里轻得几乎快要飞起），轻轻一吹就在风中脆化散去。字与魂，不啻只是彼此的壳穴罢了。

我没有告诉问这些话语的学生们，我真正想成为的并不是一个写作的人，而是一夜夜流转在不同酒吧里的歌唱的女子。女子的背上背一把吉他于是哪里就都可以是天涯。歌里唱的不是自己，而是他人的故事。我喜欢听歌的人只是因为一首过去的歌就在那酒吧阴暗的角落里安静地掉下眼泪。又或者那是一个流浪的歌唱表演团黄昏时在小镇的街上拉起了他们的手风琴箱。帐篷里点起火时有人便静静地哭了起来。不是为了自己，而是为了他人的人生。那会使我感觉自己成了一个比较好的人。但我终究没有成为一个走唱的人。只成了一个在城市地底寻常包厢里点一壶胖大海来既歌且哭的寻常女子。那些二十世纪的 MV 透过包厢里的宽荧幕视窗折射在我们脸上，不知为何总有一种滑稽的违和。歌里的爱情像是年轻时第一次走长长的路只为了抵达一个人的窗台下，有一种奇怪的义无反顾。那些老旧且噪声"唰唰"的 MV 里，总会有一个披发的男子或女子。字幕上缓慢爬过一行：如果还有明天。你想怎样装扮你的脸？

如果还有明天。唱过了午夜。包厢里的人声鼎沸，时代的歌曲正在不同的房间里开始沸腾，就要滚了热了。但我们的时间已经到了。如果还有明天，我们将要学会爱护肝脏的技术，鱼贯乖巧地走出这地底狂热的包厢，走上夜风渐大的午夜街上。只是,在回家的路上,一个不留心的甘愿想头,让人拐进了年轻时常去的那家酒馆。

  酒馆里一派洒落。座中有人,皆是你年轻时交逢的朋友。有人已经死了。有人不知出发去了什么地方。你们推门进去时,他们全都微笑地跟你招手,好像从来没有变老过。音响里正播着石川小百合。是二〇一三年版的かくれんぼ(《捉迷藏》)。不知年逾花甲的石川在录音室里重新唱起这首初出道时的歌曲时,会有什么样的感受?是否也会觉得这半生唱过的冬雪北地与南方之海是かくれんぼ一种?歌词里写:唱过了北国下雪的街,唱过了南方青蓝海洋的街;我为什么被生下来呢(なぜに私は、生まれたの)?那一定是为了歌唱了。而店外的城市,其实早已被置换成了另一个了。我们于是在吧台上就着昏黄的灯光坐了下来,点上酒来跟着打上了节拍。顷刻间我忽然觉得自己衰老了下去,又倏地回到了多年以前。一生若在这样的酒馆里卖歌维生,在歌里老去,是多么快乐的事。

辑三
天黑以前

某傻子的一生

　　K不知道他的母亲何时站在那里。那幢老屋。他们老家的八〇年代建筑。每个年末他父亲会把楼梯一级一级刷上浓厚的新色。同一阶的楼梯总是被漆上米黄、咖啡、米黄的配色，那使那整条楼梯看起来像铺了一条深咖啡色的地毯，通往二楼阒暗的走廊。走廊的转角即是K的房间。K不明白他的父母为何需要在装潢老家时在这面朝向走廊的房间墙壁上开出一扇窗子。

"世上所有的窗子,不都是向外的吗?"K这么想。

但那扇窗子却是向内看的。像一只巨大的胃镜,伸探进这个有如体腔般的房间。每晚他的母亲常来到他房门外的走廊,推开这扇窗子往里面看。窗下就是K的床。有好几次K在睡梦中醒来,听到窗子被推开的窸窣声响,K睁开眼睛,发现整个床已被笼罩在一片黑中。他母亲站在他头上的窗户外,阴影遮住了走廊上的黄光。他母亲的身体在背光中成为一枚巨大的剪影,安静地在外面看着里面的他。

母亲为何要透过一扇窗子向里面看他呢?K紧闭着双眼。感觉眼皮外的视线像一条绳子钉死他身体的四个角落。K在紧绷中睡去,直到那海浪般的睡眠终于吞噬了他。再次地睁眼醒来时,那眼眶般的窗子透进了一片早晨的白光。昨夜的兽远去了。K轻声蹑脚地走下楼,踩踏在他父亲日前新漆好的水泥楼梯上,感觉一种足尖冷冽的冰凉。K想起他更小一点的时候问他父亲的话:"这油漆的地层里面是不是埋着一只长毛象呢?"

一日又将远去。K没有下楼,在那埋有长毛象的楼梯上呆坐了很久,转身回到了二楼的转角,他房外的走廊。整个屋子静极了。他推开那扇走廊墙上的窗户，从那里俯瞰着他空荡的床。K 在那床上看到一个凹洞，人的形状，他昨夜睡出的一洼凹陷。他有时会轻声地跟那凹陷问好。"嗨，你好吗？"然后忽然惊觉他的背后或许有着另一个看着他的人。

但有时 K 便觉得那只是他的大惊小怪而已。尤其当他的父母在黄昏时相偕回来后。二楼变得愈发幽暗昏黄了。黄昏的光线斜缓而低垂地晒进了走廊里来。K 急忙地下楼和他们说话。二楼便在那样的金黄里凝固成了一块流淌的蜂巢。整个屋子静极了，K 却感到耳鸣。他下楼来。他的父亲在客厅转着遥控器，而他的母亲则若无其事地推着老花眼镜读报。睡觉前 K 再也没上过二楼，他和他的父亲母亲们一起共享着一日的历史，关于电视新闻上的灾难、耳语与绯闻。关于房子以外的世界。晚安。晚安。晚安吧。楼梯底下的长毛象。K 后来称他的童年叫作"冰河时期"。

食人花

年轻时独居在某一公寓,偶尔想过某日忽然死在房子里,手机通信很少发送,平素交游又少恩仇,自也无人寻上门来。普通独居女子的普通死去,轻薄得跟桌上的灰尘一样,轻轻一吹就从世上烟消四散。这死来得太过平凡,以致连恐怖也显得那么日常:泡面的空碗在水槽里堆积。积尘的地板尚厚重未洗。阳台外吊挂着一件两件晒得纤维松干的衣服。挂了数日,像有人日夜吊死在那里。因我长年昼伏夜出的隐僻生活,这样的死与活着的时候其实无甚差异。它像是一张无尽延展却又完好光滑的表皮,没有线索,没有埋设下任何伏笔,且极适合发生在一则推理小说里:凶手永远佚失,凶器永远不见。永远会有新的角色涌出来问:"她到什么地方去了?"(推理小说所不能抵达的?)

　　现实里我什么地方也没有去,只是茧一样地将自己折叠在租来的公寓里。生活是昨日与今日的除式,从来不能完全整除。而我日日拖带着一点昨日的残余,洗牌似的将日复一日的自己们重复刷洗,并把她们都关进了楼房公寓逼仄的衣橱里,养出了一只动物。那租赁的公寓楼房侧身在一条闹区的僻静处,室内只有四五坪[1]大小。玄关处一方小流理台[2],台面内嵌电磁炉具。我经常用它煮食,因可连续数日不必出门。不知是否因为土象星座的缘故,我很擅于长时间吃同一种东西,并且奇怪地形成一种令人心安的规律。电磁炉是一种非常容易的电器。容易的意思是,它表面平坦光滑,只善发热,却不生火花。断电后一分钟内即完全冷却,只留下炉

---

[1] 坪:面积单位,1坪合3.3057平方米。
[2] 流理台:即料理台,用来洗菜,准备原料、临时摆放厨具的台面。

上兀自滚烫的汤锅,仿佛方才的加热只是幻觉。这每日的煮食活动因此太像一则隐喻,没有火候大菜,没有饕法讲究,只有日常琐碎渣滓滚沸一起,仿佛我与世界的关系。我曾想过也许年老以后的某天,我仍居住在这廿四五坪大的房子里(我曾非常认真地跟我的编辑谈过这种可能性),在早晨的穿衣镜中变得愈来愈老,看身体的皮一天比一天松脱,蛇一样地一年蜕上一件新的人皮。隔邻的邻居搬来又换过了一批——她们皆是这城市里独居上班的单身女子;这屋子趋近明星学区,整幢大楼都是隔成一间一间的套房,以便买主为他们的小孩寄放户籍。房价随着地皮年年翻涨,而年年我都随着新的契约被跟着一起变卖给下一个房东。这些历任的屋主从未拜访过他们的屋子。他们究竟买下了什么?(没有看过的东西可以买吗?)一则地址?一个看守屋子的女子?还是一洼一年比一年掘深的洞窟?

往往屋子本身存在得比人更久。它们固执得像一棵植物被生根种下。无以逃走,故而有壮大的意志盘根生结,长出自己的脸孔。年轻时我极喜爱卡夫卡晚年的一篇小说《巢穴》。小说里的故事本身其实百无聊赖:"我"在墙上挖了洞;"我"住进洞里;"我"在入口埋设栅栏;"我"徒手掘深洞。这小说的惊悚处并不在屋外的敌人与战争,而就在这食人花般长出舌头与牙齿的洞穴自己，愈是安全愈把你吃得不剩一丁点骨头，如同我在这屋里的生活。花苞里的女子被花吃尽了吐出渣滓再白骨般地修炼回人形。没意识到自己是妖，还过着常人的生活。住在这屋子里的时候，我经常想起独居在老家房子的母亲。自十八岁离家以后，十数年来我与母亲同住在一个屋檐下的时间，全数加总起来恐怕还不到半年。深夜里自长途车返家，不知是否整夜的车厢摇晃，使我的耳腔孔洞嗡嗡作响。夜里辗转从市区转车回到这阒黑僻静的小镇时，总有一种踏空的飘浮感，需要一小段降落伞的时间，让自己的双脚缓慢落地。而母亲的侧脸在日光灯管下被拉得崎岖而长，五官失去了牵引彼此联系的线轴，在黑夜的屋子里四散漂浮开来，又缓慢地聚拢过来了。啊。这就是母亲吗？母亲的五官在我的脑海里慢慢地凑齐，和现实里的这张脸孔面对面对比，显得恍惚了起来。

那样的老家二楼的走廊尽头，有一间阴暗的厕所。墙壁上悬吊着一盏低烛光的黄晕灯泡，有一个某种年代流行过的深蓝色马桶。那厕所自童年时代起即是我夜半的梦魇（在港片盛行的二十世纪九〇年代，那深蓝色的马桶底部总有一只手会在夜半伸探出来，递给你卫生纸——）。离家多年，它自然无人地荒废了，连母亲也懒于使用与清扫。它像封印一样地被钉挂在二楼长廊的尽头，谁也再没靠近过。一幢房子里有一扇十数年未曾打开过的门,这听起来实在太像一则鬼故事的开头。某次过年返家,年夜饭后,我与妹妹戏称那是"鬼屋厕所",一旁的母亲竟愠怒了起来。

"这屋子还没毁,我先变成住进来的鬼。"母亲说。

婚后某日我忽而明白或许母亲就是那座房子的剩余,和洞里长出脸孔的食人花一起活在那房子仅剩的今日。夜里掉光五官的母亲吞食了花,再从体内长出花来。不知究竟是花吃掉了母亲,还是母亲吃掉了花。她们变成一种共生的藤蔓植物。触须的手臂钻探进墙壁,取代了墙里原有的钢筋,夺胎换骨般地,变成这房子另一副汰换后的骨架。

妹妹告诉我,有段时间,阿姨经常会到家里来,陪母亲一起睡在那悬崖般的二楼房间。因为那走廊尽头的鬼屋厕所已经封锁多时了,通往一楼的楼梯在夜里一折一折地,像是谁的锯齿。母亲为阿姨准备了一个脸盆,就放在那阒深暗黑的走廊上,让她可以在夜里不必下楼,就能在走廊蹲踞小便。

因为实在太安静了。妹妹说。那声音听起来就好像有人在哭一样。

圣婴诞生马槽时

少小离家,童年的友伴用一种我所不知道的速度与我各自长大着,仿佛两个曲度与矢量皆完全不同的宇宙。我有几封被收在掩尘的旧鞋盒里的信件。那是初离家到市区的中学去念书时,留在故乡的小学同学寄给我的。那鞋盒迄今仍被放置在老家房间里一条通往顶楼的楼梯底下,神秘而积尘的三角形地带。我想起初上中学时的那段时光,在家的日子里,我有许多时间都把自己关在那个楼梯底下的三角形区域。

和我共享同一个房间的妹妹走进来,蹲下身俯瞰我:"你又坐在那里做什么了?"

回想起来,那真是成年开始之初的一个艰难的起步。母亲说什么也不让我转学回家乡。那是一个校风严厉的教会中学。男女分班。据说早年还有驻卫警防守在男生女生班级的交界,不许越雷池一步。小学班上唯一和我一起进那所学校的男生,很快地就加入了这所学校所布置的隐形规训的行列;不知是青春期的尴尬,还是出于重新获得一种身份的自觉,每次在校园里不经意地碰见,我们总是假装没看见对方。"啊,要是打招呼的话,在这个校园里,一定是要被浸猪笼的吧!"那时的我认真地这么想着。然而班上的贵族小姐们却表现出一点也不在意的样子。我记得某天午休结束后的第一堂课,那顶着一颗飞碟头的女导师气冲冲地走进教室来,边拍着黑板,边叫一个女学生站起来。

"昨天放学后和你走在一起的那个男生是谁?"简直就是十八世纪的公审会堂。

只见那贵族小姐满不在乎地翻了个白眼,没好气地回应:"是我表哥。"全班发出爆笑声,女导师简直气疯了。一旁的贵族小姐集团们则掩不住笑意地全都扇着课本嗤笑着。

几次下来,我终于理解,在这个学校里,所谓的规范,也是布置的一种,是为了布置出充满教养,却又桀骜不驯的贵族气息所立下的规则。没有人会真的遵守它们。相较于每天土里土气地拼命读书、裙长总是过膝的好学生而言,再怎么努力也都仅只是好学生而已。这里所崇尚的价值,不是成绩单上的分数,或努力念书这样单纯的价值而已;而是表面看似不劳而获的美好光荣——不需要特别读书的小姐们每天和男生班级的男孩子们玩在一起,月考前总是说"我没有读""不知道为什么要读"这种话,然后考试成绩总是惊人地排在前三名。好像生下来所有人都会弹钢琴,一放在钢琴键盘上,所有人的手指都会自动播放舒伯特或肖邦。不能特别努力,努力的人浑身散发着地味。高贵的人是并不努力的。

十二月的圣诞月来临了。我却觉得格外地孤独。校园里处处都充满着耶诞布置[1];舞台上虚假的马槽,鬼娃般的圣

---

[1] 耶诞:圣诞节又称耶诞节。

婴，等待着扮演玛丽亚的女生上台。还有张灯结彩的园游会。从孤儿院远来的孤儿们，从五岁到十五岁，一年一次一车一车地被从偏远山区运送过来，交付给女学生们导览。那年我大约十三岁，而小学时代要好的朋友，已在故乡生下孩子了。"你一定不敢相信，小孩咚一声地掉出来，正好掉在马桶里……"友人的信上是这样写着的吧。那是一个尚没有 LINE 与 FB 的年代。信件寄到我所寄住的学生宿舍时，简直像旅行过了半辈子。那信件上的话语，也像是从未来的某地寄来似的，未来的时间，真正的生命从来都发生在远方，只有我还留在原地，与那半开玩笑似的马槽站在一起。一起合照，一起假装生下那塑胶做的圣婴，一起引领着那一车一车远来的孤儿们，从耶稣的第一个门徒开始，扮演着圣母的故事。直到圣诞节的园游会整个结束，然后再从尼龙绳装饰成稻草秆的马槽里爬起。圣婴诞生马槽时，从来不曾有过真正的婴儿的哭声。此后的日子，我再也没见过那些故乡的朋友们。不知是什么使我们相隔两地，走上了不同的道路。迄今那年少时代的信件们，仍标本般地被封存在陈旧的纸盒里，如同一枚干掉的婴孩。仿佛我也在十数岁的时候，怀过了那样一个没有脸的小孩。

数学课

刚过去的"二二八"跟每个过去的"二二八"一样,印在二月日历的最末。撕过以后,三月便若无其事地来了。对于我这样一个生于八〇后的世代,这三个数字的叙事学意义或许还远大于它所承载的真实,听起来像长夜里谁说的一个鬼故事。天明以后终要烟消云散,曝死在白日的照晒下。那应是梦魇罢?而这个时代,巨大的白日岂不比梦魇来得更迫人？白日里你在街上晃荡。不是梦游，却感觉所有的人都在做梦。你开口想叫醒身旁的人；口里吐出音节时，便赫然惊觉你早已在一个醒着的世界里。要怎么使醒着的人醒来？这真是一个俄罗斯娃娃似的命题。也许扁平的白日就是那个魇。而真正的鬼魂到哪里去了？多出来的一日里你放假。野餐。逛百货公司。感觉自己踩在他人的凹陷处。日子遂理直气壮地瘫软了下去了。

唯有一个故事，发生在那无有话语与叙事介入、尚属蒙昧的经验时期：小学的时候，我也待过那样一堂"说台语要罚站"的数学课。数学老师是一将届退休的年老教员。讲一口外省腔的软糯国语，像是朱天心的某些小说人物。长大以后在一些讲演的场合，提起那童年时代的午休的惩罚，总有稍长一世代的长辈惊诧：你这样的年纪也经历过这样的事？八〇年代的北方已然是一座看不见的城市。卡尔维诺式。星罗棋布的后现代大网满天撒下。我的惩罚故事显然是一个平行时空。或许那是因为南方的钟面，比起北方硬生生地拨慢了一格？于是在那时差的失速之外，才会遭逢这仿佛去过了龙宫才回来的浦岛太郎。

那其实是一座日治时期据说插满乱坟的小学校，供给军队执行枪刑。战后改建,每个转角遂都布满了传说。有一次在教室后方老旧厕所旁的空地打羽球,羽球掉进一个地洞,没有再浮上来过。所有的孩子都靠过来围着这个洞。一个同学蹲下来,丢了一枚石子下去,没有听到回声,于是就有人说那一定是不知通往何处的无底洞。这校园的地底原来是一个巨大的秘密。布满秘径与鬼魂。小学的我没有过因说台语而被处罚的记忆,比较关心放课后有谁会来这死寂静谧的校园将我们带走。黄帽子的路队都走光了以后,整个校园,就变成了一支风笛的体腔,发出那种低鸣的声响。我与几个同样等待母亲来接送的女同学,被那年老佝偻的数学老师,招手进了他在学校后门的低矮平房宿舍。日后想起,那或许也像是校园传说的一种?印象中那屋子里有只长毛的老狗,毛茸茸的,很亲切地吐着舌头。屋里不知怎的长年不开灯,只有一缸金鱼与水草。"噗噜噗噜"地发出那种帮浦[1]的声响。浦岛太郎从屋后拿出饼干铁盒,铿锵一声,像打开月光宝盒;忘了是不是有光突然从盒中蹿出,一瞬之间就使他变得更枯更老,像那些电视剧里的法术桥段,屋外的时间顷刻过了三十年。多年以后进了学院,在一堂小说课上,这浦岛太郎的故事光谱微微地倾斜位移,找到它的坐标降落。哦。原来

---

[1] 帮浦:英文"pump"的音译,指"泵"。

你早已在这里了。柴师父。

其实这童年时代的久远记忆与这二月尾端的假日无甚直接关系。谈得远了像是攀附，谈不远则仿佛秃鹰张翅，在一块俎肉上周旋。我不知道在这个多出来的假期里，为何要记起它来。只知道大学毕业，进了研究所，每个故事忽然都有了它镶嵌的座架。某某主义空出位子，要你安置双脚，穿一双刚刚好的鞋。没人告诉你穿不进去的时候是不是该把脚跟削掉，去适合一双做好的木鞋？削足适履原来都是一件真的事。而其实更多时候我从一门课离开，上到一条人声喧嚣的街，都感觉自己脚下穿着一双过大的鞋，小孩开大车似的迤逦拖开了整条街。究竟有没有一双刚刚好的鞋？又或者那鞋的大小并不是重要的事，是幽灵使得后来的人穿起鞋来动辄得咎，坐立难安？操持也好，放下也罢，都需要说法。而我辈之人在学院的内外谈起这个政治符号，除了论述，理应（被超我地规范着）还有一点知识分子式的义愤，将双膺填得充血充愤。那样的一种心愤（并非愤怒）来自何处？那真不完全是来自这三个数字排列组合后的历史真实——在这个时代谈论"真实"，岂不免也有那样一丝作态的天真？或许它更像是一个历史演进过程的中继站。在创伤的幽暗洞口，汩汩流出莫可名状的液体，分注至这流域的下游三角洲。又或者那其实是一道关于经济的算式。如同童年时的那门数学课。语种的输入法换算成藤条的次数（这真是一种极右派的理性美感），所谓的惩罚，原来是一道从没有起源的数学习题。日后某次做及白色恐怖的影像研究，在图书馆幽暗的史料堆里，翻到台北新公园里斗大的"二二八"纪念碑，忍不住惊诧于设计者对碑体的理念，笑话也似极认真写下的，竟也仍是一个算式：这立方形的碑体原来是算盘珠子。且原来是算盘打错了；二二理应得四，那结尾的八是一个不幸的尾音与逻辑。错误的答案。终将会招来暴力与死亡。

死亡的厄运。不幸的算式。还有那经由演算后可料想的正确解答。那即是所谓的境遇与命运罢？但其实我一直是一个算术很差的孩子。日夜修磨，却从没有学会算盘的技艺。在那堂遥远的童年的数学课上，习题作业发回来总是布满红字。我不明白鸡和兔子为什么可以关在同一个笼子？我不明白小明（一道习题里的主人公）为什么需要在放课后的街角去回买苹果与橘子（他不是一个和我一样的小学生吗）？我也不能明白，括号里的算式为什么要先于括号本身存在（胡塞尔说：把事物悬宕起来）？一道算式的叙事，数字说完以后就结束了。没有人告诉过我那些鸡和兔子后来到哪里去了。在下课十分钟的教室后头，一方小办公桌前，那年老的老师用一种低喃且卷曲的声腔对我说：你算数不好，以后很难走对路……他的卷舌音像一朵北方的花开在嘴巴里，像是嘴里有着另一种我所不知道的天气；他且伸出那布满爬虫动物表皮斑点的手指，缓慢地摩挲起我放在膝上的手。

　　春天里不知怎么地又把这件事揣在心上。也许是假期倾轧过来，又倾轧过去。放不放假的国定纪念日，大抵也是一则难以厘清的算式。活在当下的人是算式里最大的函数。永远是不确定的X，改写着括号外演算的结果。填过数学考卷的人都知道，那漫长的算式宛如深不见底的隧道，通过平原上一个又一个无尽的括号与平方根；那宛如奥菲尔的地狱之旅，等待着偷窥一张亡妻死亡的脸孔。在一条白日的长路上，你终于忍不住掀起了那危殆的边角，像把谁脸上的帽子给蓦地掀掉。那张脸，像是煞有其事地跋涉完了整整一张考卷后所计算出的极简数字：一与零，亮晃晃地悬宕在整条算式的最末，什么器官也没有。那其实是一张无脸的脸孔。然而，即使仅仅只是这样的一种徒劳，你走到这里，不多不少，也花了将近百年的时间。

南方故事

冬天的时候,我到姑母家去。许久不见的姑母,一个人住在南方城市的透天屋里,很是寂寞的样子。我很少见到姑母,偶尔在新年的场合见面,姑母总是问我,为何不去看她呢?"有血缘关系的人不相往来最是悲哀,是把我当作陌生人了。"用闽南语说出的这话听起来,不知为何,有一种姑母其实是对着空气悲叹,而不是跟我说话的错觉。也许是因为每次见面，姑母都像是希腊悲剧里的合唱团，对我倾诉着同一件事。关于金羊毛。毒嫁衣。悲泣的梅蒂亚翻出城墙去。唱歌的人与歌里的人都是她自己。姑母只是想诉说她的寂寞，而说出这老鹰般不断盘旋降落的话语吧。

我没有和父母的亲戚见面的习惯，即使是父母，也保持一年见面不到五次的频率。"见面太多，会伤害感情。"这样说着的母亲，学生时代有一次想打探我的心事，某次返乡，忽然对我说："你若有什么事，可以把我当作一个乡下朋友告诉我。"听到这话而感到好笑的同时，瞬间便忽而转为悲哀了。母亲为何要小心翼翼地与我保持着"乡下朋友"的距离呢？她是从什么地方得到了"乡下朋友"这种词汇的灵感？毕竟这话语听起来太像太宰治的一则小说，让说话的人与听话的人，都难以自处。于是我感到的悲哀，便不再只是来自作为对象物的母亲了；那就像是公转中的地球某日忽然发现了自己兀自地自转，而惊觉悲哀的，并不仅仅只是和太阳之间的距离了。

姑母的透天屋直长长地，在三民区一处很僻静处，连栋房子的中间，逼仄仄地，像南方会有的任何一栋寻常屋子。从不开灯的入口铝门往内探看，屋里一座往上回旋的楼梯，好像一个不断凹折绕圈的井。空荡荡的。如果从一楼抬起头来大声呼喊，那声音也会交叉般地穿梭回荡在腔肠般的四壁里。明明是一个人在说话，听起来却像是许多人一起说话。那会是这屋里的鬼魂吗？

姑丈已在这屋里死去多年了。奇怪的是我的记忆里没有关于死亡的任何细节。简直像是摊开空白笔记本，要跋涉前往一则小说似的，到处都遍寻不到痕迹。疾病？谋杀？意外？老死？即使像这样踩踏在一条推理小说的道途，不负责任地臆测，为着的是音节，不是真相，却也总让人停下脚步；我总是一不小心就把路走到了虚构与真实的分歧点。在叙事的三岔路口，姑母一个人坐在这偌大的屋子里，将自己垂直地悬吊起来。仿佛屋里从来只有她一个人。没有过任何人生活的证明。

"我常清洗吊扇。"姑母指着墙边的梯子。"用这个爬到靠近天花板的地方去。吊扇上总是有很多灰尘，结满蛛网。"那是一把铁制的梯子，姑母是怎么把它扛到屋子的正中央的？

"从梯子往下看这房间时，四方形的屋子，会变成三角锥。"

那是冬日里的某个寒冷的午后。街廓静悄悄地。电视机的天气预报里有一个女子在卫星云图上推移着什么,好像她的手指,正在推动着窗外街道上空的天气似的。寒流的蓝色锯齿一痕一痕咬过这座城郭的时候,街道冻结得几乎要下起雪来。而雪,是真的下下来了。据说北纬二十三度以北的地方有了百年来的第一场雪。而这里是极南。冬日的冷高压压碾下来的时候,马路像一只多节的昆虫标本,压花一样地被干燥冻结起来,每个指节都没有彼此通往的路。不知隔邻的哪家的孩子,传来钢琴流泻的声响。那断断续续的琴音,像是刀片切过琥珀,把一整个午后的时间,都凝结成蜂蜜般的固状物,埋藏在屋里天花板的一角,发出"嗡嗡"的声响。

"前些时候,我想到那个孩子。"

"最后一次见到他时,他走路一跛一跛地。因为生下来的时候,太丑了。所以没有办法看他。过了许多年,他还是一样。好像一直都是两岁的样子,只是装进不同的身体。"

姑母为什么要对我说起这样的事呢?那个矮小的、永远不会长大的婴儿。即使是离家以前,我也从没有这样一个人来过姑母的家,被当作一个可以倾倒秘密的客人来说话。是因为我一个人来到这老旧的透天屋，带着脚下的影子，像踩踏一个漆黑的洞，所以很少见面的姑母，是把我当作树洞那样地填塞了另一则冬日的故事了吗？即使这个故事，我早已从母亲那里听过了。

而这样的故事在冬天里听来，就像是一则俄国小说了。它像是谁在火炉盆里烧剩的炭灰，可以一边拨弄，一边掩埋起来。冬日里无边无际的大雪，燃着煤油的煤气炉，还有雪地里被丢弃的任何事物，不论是婴儿，还是谋杀弃尸的丈夫。因为雪很快地便覆盖了下来了。谁也没有发现。消失的东西都冬眠去了。反正春天还很遥远。融雪的日子到来以前，还有一小段时光，可以缓慢地将自己颤抖的双手冰冻起来。

但这里是南方。离港不远的城区。海的腥味咸咸地，让人几乎要以为海里有铁。又或者其实海里从来没有那块铁。是沿海的消波块太尖太利，把海割出了血。

我想起童年时我问母亲，为什么我们要住在有人死去的房子里呢？有人死去过的屋子，摸起来沉甸甸地，像一块比热太大的、铁制的砝码，在夏天里很快地变凉，变得很重。即使把肚子贴在冰凉的地板上，也感觉到那金属质地的重量，熨在背脊上凉飕飕的。

"我长大以后，不想住在有过死人的屋子。"

"说什么话呢。"母亲说，"死去的人都是我们认识的人。就像他们本来还住在屋里一样。"

这是发生在南方时候的事。严格说来不算一件事。

因为不知道该怎么给它起名字，姑且叫它《南方故事》。

刺　点

偶然在路上遇见年轻的父亲。父亲问我从哪里来，要往什么地方去。他的皮衣短窄，牛仔裤管宽敞，阿哥哥式。彼时是二十世纪七〇年代。迈步的瞬间，被谁定格了。父亲就那样在一张相纸上一直发黄，一直发黄。在老旧的家庭相本里，他手指里的烟草从来没有烧完。

我结婚时，父亲已经从他的远游回来了。父亲的肚子变得很胖。动作迟缓。真真是可以穿棉袄爬月台又捡橘子的背影了。我几乎要怀疑他的离开就仅只是为了修磨这个技艺。年轻时的父亲瘦癯且高，总在假日带我们去深山里游玩。有段时间他和母亲常因爬山的事争吵，那好像是父亲总说要去参加高山救难总队的缘故。有一个记忆一直留存在我的脑海里，不知是真是假。有一次我们跟父亲去参加他公司的一个登山活动。那山在屏东南方的山区里，一个叫作南仁湖的地方。童年时的我总把那个地名的写法想作"男人湖"，于是很奇怪地，在成人以后，回想起那个旅行，关于同行的母亲与妹妹的记忆竟都不见了。好像那个旅行只有我与父亲，是一个男人与我的旅行。天黑下来的时候，山路愈来愈窄，我记得黑暗中那山路途经一座悬崖，一边是紧贴着脊梁的山壁，另一边则是深不见底的山谷，仅容一人通过。我们排成一条直列，紧攀着山壁上的绳索，一个接着一个地越过了崖边。在脚下的路几乎要没有的时候，我紧抓着在我前方的父亲的衣角，叫了一声："爸爸！"有只手从前方伸过来紧紧握住了我，就这样一路从暗黑的山路到了登山者的小屋。

到了小屋的光亮处，握着我的那只手回过头来，对我咧嘴一笑，齿牙在唇角闪了闪，我才惊觉那个被我一路紧抓着衣角、叫作爸爸的人，其实并不是父亲，而是一个陌生男人。父亲早已在队伍的前方，回到小屋里休息了。

长大以后回想起这件事，那条阒黑的山路陡然有了另一种微妙的意义。像是日后在大江的小说里读到的四国的山灵。父亲在我的记忆里像狐狸那样地变成了另一张脸，在弥漫着夜雾的山路上，忽然法术一样地消失了。他到什么地方去了？而我又置身在哪里？我是把谁的脸孔，误认作父亲的脸？

婚前回到故乡，从母亲的衣橱里翻来旧相本。这相本从小到大我不知看过了几十回，红色的皮质封面早已破旧稀烂。有几张照片是在老家旁清水岩的唐荣墓园里拍的。我与弟弟的个子都很小，倚在凉凉的白色石头上。不知照相者是谁？（这真是一个鬼故事式的提问）我想起相纸里的年纪时，我与父亲，经常在傍晚去那墓园散步。天黑下来，我还不想回家，沿着墓园靠近山坳的小径奔跑。父亲跟在我身后，他的声音压得跟夜风一样地低。

"嘘。你听。"他说。

从山坳的底部，传来像是漩涡般的回声。

童年的我止下脚步，专注地听着。

"那是什么？"我睁着眼睛问。

父亲的脸孔在调暗一度的天色里，慢慢晕散。他说："是山猫下来了。"

山猫是不会出现在这南方寻常小山的坡道上的。那不过是父亲从他的叙事里召唤来的物事。如同对着一张相纸施展法术，叫唤它：请来这个故事里。请来这里，把我的女儿牧羊一样地驱赶回家去。如同年幼时那些枕边的故事：虎姑婆。林投姊。都是肢体破碎的恐怖故事。在父亲的叙事里，它们像是一个孤魂，永远飘荡在黄昏之后芒草漫长的溪沟边，一团没有轮廓的黑雾。长大以后某一天我忽然理解，如同父亲一直活在我的叙事里，我也活在父亲的故事中，像被这团黑雾紧紧跟随，从来没有离开过。大学以后的写作课，第一堂课就把这件事说过了。巴特的《明室》写给死去的母亲，抵达母亲之死的道路，总绕得比相纸上的光影还要曲折。每张看似无干的照片都埋有一根刺。若伸手爱抚相纸里的时光，免不了总要被这刺给割伤了。

父亲有留下什么刺点，在我们的家庭相本里给我吗？那像是一个记号般的信物，在我快要忘记他年轻的脸孔时，只要摩挲相纸，尖刻的刺就会纺锤一样地从相片里突起，将我的手指刺出血来。我想问父亲，关于他的远行，沿途有什么样的风景？遇见过什么样的人？在这些时间被冻结的相纸上，父亲是否留下了什么和离开有关的线索？

然而那里什么也没有。父亲只是在许多许多的相片里，很平坦地老去了。跟随着卷曲发黄的相纸边缘，一点一点地把自己吃掉。偶尔中断，像一卷录像带失去了它中间的映象；几段噪声"唰唰"过后，又可以持续播放了。那像是一块黑布，罩着箱子。父亲狐狸般的笑脸又出现在黑幕前了，像那只古老的薛定谔的猫。箱子打开以前，你永远不知道猫是否已经死去，或者仍然存活？也许那猫早已死过了成千上万次，只是它的死亡从未存于我们的现在。在时间的轴线里，永远有一个漩涡般的谜，将一切细微凹凸的地表卷入。如同相纸里的父亲从来也没有把刺点给我。不知是不忍，还是只是不再说话。

零

童年时代的某一日,祖母去大陆旅游回来,带了一枚便宜的绿玉观音,用简单的红色粗棉线串起来,挂在我的颈项。绿色的玉凉凉的,贴在胸前的皮肤上好像听诊器。红色的棉线舔起来咸咸的,我去小学上学的时候,下了课总是百无聊赖地看着同学们讨论《莎拉公主》(那是当年流行的某个卡通)的剧情而发呆。不知是无意识的什么,那时我总会把脖

子上的红色棉线拉起,放进嘴里,边吸吮着那种奇怪的咸味,边度过了漫长的下课时光。绿色的玉石贴近我的身体时,我就好像病病地,是一个领受治疗的人。

"如果生病的话,就要哭出声音,让观世音可以看到我们。"

"因为观音就是观看我们的东西。"

祖母说这话时的脸孔,好像狐狸一样,在说着一件让人有点害怕的事。我问祖母:

"如果发不出声音的话,观音就不会看见我们吗?"

祖母眯着眼睛,微笑地对我说:"人的身体是个洞,只要呼吸,孔嘴就会发出呜呜的声响,让神听见。这个世界上,没有观音找不到的地方。"

祖母过了很久才死掉。是我高中的最后一年。祖母死去的那日正是端午节。因为忌讳庆祝的缘故,我们有一两年没有再包过粽子。那时我的颈项上已不再坐着那枚童年的绿玉观音了。中学女生是不戴什么念珠佛像的地味饰品的。她们编织幸运环，在数学课的抽屉里折色彩缤纷的纸星星，眼花缭乱地折了好大一罐。有一年的生日我也收到了一整罐。不知道送我的人为何要手作这样的事物呢？那是"手作"这个词汇还很素朴的时代。我并不记得我有过值得对方为我做这种事的感情，只是一个始终坐在教室的中间排，身高普通，很是安静的孩子罢了。也许送我的人也只是无聊。她好像是个热衷编织、始终很是单纯的女孩，很亲切地告诉我，关于幸运手环绑在手腕上，断掉了就会有幸运的事发生。

"如果断在连自己也不知道的地方，不就再也找不回来了吗？"听见这话时的我，很疑惑地偏着头想着。而所谓的"幸运"，或许就是这样一件需要用什么东西来交换的事。失去某物，获得某物。世界的算式原来趋近于零。这是一件多么让人难过的事。我记得童年时祖母经常掏给我五元十元的银色铜板，让我买糖来吃。孤独的初初上学的年纪里，我老是把那一枚两枚的铜板握在手心里，握得整张手心都微微地发汗而潮湿，发散出那种钱币铁锈的金属气味。那味道日久便渗入了掌心的纹路，怎么洗也洗不去。日后我在学校的小福利社里用那铜板去换取一瓶果汁或牛奶时，总会有一种犯错的罪恶感觉。因为祖母的灵魂好像有某个部分停栖在那铜板的内里似的。果汁买好了以后我便后悔了。因为那十块钱的铜板被福利社柜台里的年老阿姨收了去,丢进了钱箱里,发出极清脆的"哐啷"声,很快地就被其他成千上万的十元硬币们给淹没了。那瞬间我忽然有一种祖母即将随着那个钱币、被流放到哪一个我所不知道的地方去了的预感,因而觉得想哭了起来。

其实我并不很依赖祖母。祖母死后,我一次也没有梦见过她。不像妹妹,总是在老家深夜的客厅里,看到祖母鬼魂的影像。我问妹妹:

"奶奶在做什么?"

"在沙发上坐着,用自己的水杯喝水啊!"妹妹很平淡地说着,好像祖母就存在我与她之间,仍跟我们一起生活。我想那是因为妹妹与祖母,有着生根植物一样的联结,才能在地面底下隐秘地联系着吧。我与祖母,就像这辈子偶然遇见的两个人,隔着时间轴上年老与年少的两端遥相挥手,很快地就要彼此告别,去到下一个地方了。祖母并没有把她的一部分当作回忆留给我。祖母所遗留给我的,与其说是与她有关的回忆,倒不如说是一种空缺的感觉。我经常想:为什么我要来到这个世界上，认识祖母与妹妹之类的人呢？关于亲人。关于血缘与生殖。那像是幸运带的绳结在某个时候隐秘地断裂，"啵"一声地坠落到这个世上我所不知道的地方去了。绳结断裂的时候，有什么正在叙事的上方凝视着我？

日后我离开那多鬼魂的村庄，如同寺山修司电影里的卖艺人与杂技团，在夜里拔营离开了那钟面始终凝滞的村落，去到了一个齿轮接连着一个齿轮的锯齿城市，学习和痛苦有关的技艺。在一个偌大如同石室的学院里，我练习把时间像沙漏一样地颠倒过来，返转回去；把肢体弯曲折叠在一个箱子里，表演以获取帽子里的铜币，却始终没有习得看见鬼魂的能力。我学习将身体的孔窍发出的声音软木塞那样地全数塞起，闭塞着鼻子暂时停止呼吸，泅进深水底部的极限，将死亡当作一种谈论的表演。祖母的声音又回荡在耳边了。人的身体是洞。如果我把身体的孔洞都密不透风地钉起，观音还能看得到我吗？还是正因为那仅仅只是表演，没有真正地死去，于是没有那多出来的余数一。世界的算式永远趋近零。

很少想起过祖母。在这个高原般不断长高攀升的城市里，昨日刚长出来的一切，很快地就被今日新长成的植被迅速覆没了。在世界新教给我的技艺里，没有那向下掘土、像是沙画般的技术，可以将死去的鬼魂慢慢地拼回。那像是冥河旁被惩罚堆积石子的小孩，终于有一日发现了这惩罚的荒谬本质，而索性抛下石子回家去了。关于规训与惩罚的神话，只存在土星进入魔羯前的旧石器时代。只有偶尔在城市边缘集散着流浪汉与精神病患的寺庙里，见到观音的脸孔时，便想起了许久以前，我曾有过一枚绿玉做成的冰凉观音，紧贴着胸口的皮肤，奶嘴一样地悬吊在我的颈项前，可以在百无聊赖的时候拿起来吸吮。祖母在观音的山上，世界的算式永远趋近于零，观音已然在罂粟的田里。

睡美人

越过了三十岁,老家的屋子在梦境里遂轨道般地远去了。像一列淡出的火车。我不知道那车厢上属于我的房间是否亦被摇摇晃晃地一路晃进无边的黑里。三十岁以前,我一直以为自己会在这列车上,一起被驶进无有重力的黑洞中,和另一个车厢的母亲与妹妹一起。她们都戴上了狐狸般的面具。即使母亲不说,我也知道她的害怕。母亲常很可怜地看着我说，婚姻是歧路，总有一天你会落车，和我们行不同的路。说着这话的母亲，将她遮蔽了半边脸孔的狐狸面具轻轻地挪移开来，露出了艳淌的唇色。我害怕了起来，有点生气地对母亲说，现在可是二十一世纪。

但是，母亲的话语像是海边岩石的皱褶。有些裂缝，是女性主义者怎样也抵达不了的罅隙，远在世纪的向度之外，停栖着小丑鱼。那像是童话故事开始时的一种预言，决定了叙事的命运。奇怪的是婚后我真的极少再梦见那幢屋子。母亲与妹妹的狐狸脸孔，变得很淡很淡，敷上人皮般地现出了人形。在光天的白日之下，她们的轮廓水印般地浮了上来，拓印出现实的侧脸。母亲与妹妹好像分裂成两个，一个在白日里显现，另一个就在光影里被渐次地擦拭，黯淡了下去。我擦了擦眼睛。也许变得现实的人其实是我？是我离开了二十世纪结满蛛网的巢穴，走进了前中年的白昼。

唯有一个房间，是至今仍不时出现在我午睡的梦中，幽幽魅魅地，干扰着午寐的漩涡。醒来的时候，沼泽般的午睡爪一样地攀抓住了我，使我分不清究竟是黄昏还是天亮。那是老家顶楼幽暗的鸽楼。我出生的时候，楼里的鸽早已不知去向。那废弃的鸽楼像是一颗屋子生长出的瘤，悬挂在头顶，灯笼鱼一样地让这屋子在夜里悬游。有个记忆不知是否准确。母亲告诉我，捕鱼的叔公夜晚就睡在那鸽楼上，打着赤膊。那是因为南方的夏日屋里，实在太过燠热的缘故。

叔公已死去多年了。是我离家念大学时的事。印象中是一种和水有关的疾病。我没有回乡参加过葬礼的记忆，因此总觉得叔公的死像是一个波长十分微弱的回声，"嗡嗡嗡"地从海底探测仪里传来。我已经死了噢。告诉你们一声。开玩笑般地。好像他只是住在一口海底的石油井里，好像那井底住着的是一只很老的动物。那使得死亡这件事也变得让人摸不着头绪了起来。其实我并不记得叔公的长相，却很记得他家里有位姑姑十分瘦弱，手腕跟鸡爪一样细。有些龅牙。永远剪着一式女学生般的短发。静默地坐在家门口。

"别接近契子姑姑。"黄昏露出一条牙齿般的缝隙时，母亲的话就像乌云那样飘过来，鸽楼一样地遮住了傍晚的天空。鸽楼里空荡荡的，传来呜咽的回声。跟着母亲的声音方向看去，我看到契子姑姑丝质黄色衬衫的侧影。西晒的黄昏来临时，她的侧脸就长出了金黄色的毛边，像一朵安静发狂的菊花。很多年以后，我在田村隆一的诗里读到："这个男的\是年轻时杀死了父亲\那年秋天\母亲便很美丽地发疯了。"很直觉地想起了那样的姑姑。不知怎的竟有点美丽。

　　那样有着尖尖鸽楼的村镇，多年以后回想起来，竟像是沙漠中的一个小城，发散着西部片般的色彩。北纬二十三度以南的地方，底片的胶卷翳上了昏黄的颜色，一格一格拉得又远又长。不知怎的，脑海里浮现的，竟是睡美人的故事。也许是因为那阁楼上的女人日夜踩踏着一架老旧的纺织机，最终被纺锤的尖端给刺出血来，就此昏睡了一百年，像极了这个昏昧小镇的午后燠热。它离海很近，离山也并不遥远。低矮的丘陵起伏像是海港昏沉的午寐。午睡醒来的时候，是下午三点钟那种安静的时间。白日的男人理所当然地外出工作了，消失似的。只有那些圆规般的女人们，在这猫一样孵着的小镇里，立定单脚，缓慢地用另一只脚画圈跳舞。不知道为什么，童年时的我总有这样的错觉，好像睡了一觉醒来时，整个村子都被海吞进了肚子里似的。是海做了一个梦，吹泡泡一样地将它孵进了透明的泡沫里。于是母亲、姑母、妹妹，还有我，在这泡泡里走来走去，无论走到哪里，都触摸到那看不见的隐形墙壁了。

　　只有一次，在黄昏的顶楼，积雨云纺锤一样地刚好来到我们的屋顶，插在屋顶的天线上，变成了一张巨大的蕈伞。

我在那直角三角形状的灰暗鸽楼里,看到了蹲踞着的姑姑。

我没有与姑姑说话的记忆,因为姑姑牙齿排列组合的方式,使得她所能发出的每个音节,都像是一把坏掉的提琴,是用琴弦锯出来的。

"你在这里做什么?"

她抬起头,用微微暴龇的牙口,佶屈聱牙地说:"等船来把我接走。"

我抬头看到那头顶上积雨的云朵,倏忽靠近,忽然掉下了斗大的雨滴。发出很沉重的"咚"一声。因而知道雷很快就要落下来了。在雷之前,是大片掉落的闪电,将天空苹果一样地劈成两半。还有傍晚从城那边回来的男人们,像鸟一样地,湿漉漉地上了岸。我忽然明白,姑姑在等的是她的父亲,从海上把船开到这屋顶来。

母亲与妹妹,好像都不知道这样的事。不知道夜晚的屋顶,会在黄昏过去以后,变成港口。很多年以后,我在一个清晨穿上了白纱,跟着某一男人离开这魇一样的村子时,母亲还在床上深沉地睡着。我把扇子从车窗丢出去的时候,鸽楼里传来呜咽的哭声。那会是契子姑姑吗?

那时我忽然想起,父亲已经许久没有回来了。他在某个黄昏结束以后,就永远地离开了这妻子与女儿皆睡去的村镇。带着他自己的叙事,离开了那列彼此联结且永远不能下车的房子。

黑太阳

前年冬天,我来到这个面海的斜坡学校,上一门叫作"疾病书写"的课。课室在整座校园的最顶端。课前的时光,我经常搭乘电梯来到顶楼的阳台。天气好的时候,可以眺见远方地平线尽处的海。即使那是像棉线一样细小的海。我把眼睛眯起。猫眼一样的下午来到了我的窗前。

斜坡上总是有些倾斜着身体，正在缓慢上山的学生，他们穿着斑斓颜色的衣服，将身体弯成前倾的六十度。像一只鹦鹉。他们要去哪里？刚刚在哪一个课室上完什么样的课？对于这些我全然无所知晓。只知道年轻的时候，有些伛偻的姿势是不可免的。大四才修的体育课上，教体操的体育老师说：转弯的时候要压低身体，以重心抵抗离心力；溺水的时候要放松，放松。水的浮力会将你自己保丽龙球般地浮出水面来。

这些话如今回想起来多么别有意味。遥远的初习求生技术的时期，我究竟习得了什么？关于相聚、死亡与分离。感觉溺水的时候，就放轻身体。如果想哭，要把鼻尖用指头捏住上仰。脖子开始出现皱褶的时候，就要穿高领衫，不要让人看见皮肤松垮的样子。

据说儿时我是一极爱哭的孩子。上幼儿园头一天在家门口跟随车的老师上演全武行。母亲和老师一人拉我一边，阻止我哭喊。对峙的最后我终于想起大人若要拒绝自己讨厌的事时，就会大声骂干。于是我对着那彼时年轻而美丽的女老师讲了生平第一句脏话，随即就被母亲的巴掌热腾腾地打上了脸颊。日后我在马奎斯的短篇里读到，借电话的女人搭上深夜的一辆巴士被关进一偏远郊区的精神病院时，总有一种奇怪的既视感。总会想起童年时代的某个早晨，冬日的雾气爬满了车窗，整车的娃娃们在娃娃车上隔着窗玻璃静静地凝视，一个无声的孩子为了第一次离家的哭泣。那凝视里带着一种神经质似的细钢索，一头维系着外面的世界，另一头则紧紧地缠住了我的小指头，我们是彼此动辄得咎的小布偶。

在斜坡上，我经常压低自己的身体，保持上升的速度。在这个多风的城市，有的时候，黑色的太阳滑过云的背面，会发出那种挤压塑料袋空气的"啵啵"的声响。太阳原来是有声音的。我停下脚步，在斜坡上抬起头来，眯着眼睛看天上的云，才发现那是附近航空地的飞机，被风吹进了云层里的声响。

那样的一堂课，始于傅柯，终于傅柯。在任何文学院的课堂上，这条路径像是太阳移动的轨迹，随着季节的递嬗而有着微小的偏斜。立竿理应见影。可是用语言所讨论的疾病，究竟是一件什么样的事呢？在一个密闭的、无菌室般的空调教室里，夏日午后的冷气总是过强，令人指画着便哆嗦了起来。粉笔灰尘漫溻进鼻腔，我经常上着上着就想起多年以前在友人 E 君的部落格（啊多么古典的一种载具）里读到：

"也许将来有一天,我们会知道其实并没有什么艺术,只有医药……"《临床医学的诞生》第一章,谈的正是修辞:临近一张大床般的教室,将食指抵在唇间摩擦。明明是"病",但我们不能说"病"。原来疾病就是名字与语言。那么感到疼痛的,也仅仅只是语言吗?某个下午上课时,负责课堂报告的女生说着说着竟哭了起来。教室里静悄悄地。为了什么确切的事?我已经想不起来了。但我想她也想不起来。老死。病伤。耻辱。恨。又或者是懊悔与哀伤。我们只是为我们所以为的东西所割伤。傅柯说,疼痛起先是隐喻,后来才是病。

E 君后来到什么地方去了?在遥远的冲绳小岛,手持着摄影机,和他瘦癯的摄影师友人,去拍那西表岛鬼魅一样的洞窟植物。战争里没有死去的老妇人也是藤蔓的一种。在这洁净有礼的国度最南,夏日的艳阳光敞明辣,晒得人表皮剥落,显露出焦灼的原型;冬日的季风则粗砺刮人,刀片一样地在人脸上刻出年轮。她的丈夫年轻时是这西表岛上矿坑里的矿夫。在一次的坍方里灰尘般地死去,再也没有回来过。有次 E 君告诉我一个神秘的故事:他想让影片的结尾结束在带那老妇人进去矿坑的深处。

"然后有个神秘的装置,像是整部电影最细小最核心的零件，可以启动一个梦。"她年轻的丈夫会回到这个岩壁上，用鬼魂的方式对她显灵。

生命的极恐怖处。无有言语。眼睛看不见的事物，那纪实如许的纪录片镜头也可以拍得？

我想起许多年以前，还居住在北方的城市时，有段时间，不知是生活与外界彻底地隔绝，抑或人生走到了某个难以再继续前行的悬崖。那段时间，我经常想起母亲的事。不是纯粹地为了进行"回忆"这样的工作，而是非常病理式地，一层一层那样地将回忆作为一种刀片，横式地斜切进去；我想起与母亲共同生活过的各种细节，堆栈成岩层似的纹理。回想起来，在十八岁离家远行之前，我与母亲，几乎像是地层塌陷般地彼此倾轧着生活的。于是，当我想整理这些杂乱的回忆时，拉开了抽屉，抽屉里有一个像是母亲的人，但那人其实并不是母亲。那是语言背后的妖物，化成母亲的形貌，为了我回忆的工作，而来到了我的讲述里。

我告诉 E 君，关于童年的时候，我有过一个非常奇怪的记忆。那是小学里开始有"便服日"这种日子的时代。每个星期三，所有的孩子都可以穿自己衣柜里喜爱的衣服去上课。

可是到了星期三，上学前的早晨，母亲却忽然拿出了她自己的衣服，对我说：

"你就穿这个出门去。"

母亲的眼神澄亮清澈，好像非常希望我穿上那件衣服的样子。那是一件领口对于小学四年级的儿童来说，仍太过宽大的成人上衣，布满毕加索式的几何拼接。我不知道母亲为何要我穿这其实并不属于一个儿童的衣服到学校去。只知道母亲自始至终都热烈地看着我。而正因为是那样澄澈的眼神，如果我不赶快把它穿上，母亲可能会难过得哭泣起来。小孩的我在心里这样想着。

但其实小学四年级的我，已经是个开始发育、需要穿着有肩带的内衣去上学的孩子了。母亲的上衣穿在我身上，因那过于松垮的领口，总是不小心露出了肩膀上的一截肩带来。

那或许是我生平第一次习得了"耻辱"这个词汇，并且用这个词汇，告别了作为一个儿童的我自己。我觉得自己被想要取悦他人的自己给狠狠呼了巴掌，罪有应得。那时我暗恋的男生就坐在我座位的右后方。有次有个女生经过了他，走过我身旁时，淡淡地对我说：

"你又穿你妈的衣服来上学了。"人生想死莫过于此。

母亲究竟为了什么，非要我穿她的衣服去上课不可呢？这个问题，我想即使问了今日的母亲，也不会有解答。她必会若有所思地说，有吗？有过这样的事啊！年轻的母亲是不是有过一刻那样的想法，想要我变成她呢？使我荫翳，把我吃光。黑色的太阳被关在阁楼里，从年末到年始，始终在那里静静地悬浮着。不。那不是日食。不是什么遮蔽了它，使它成了一轮黑日；而是那静谧地飘浮着的本身，就是一轮黑色的太阳。在没有用语言伸手去指之前，那鬼魂般的黑日，就是我的抽屉里另一个叫作"母亲"的事物。

天黑前的夏天

莱辛的书，印在湖水绿的书皮上，像是夏天里最末的一日。卷烟草般地，可以把整个白日包卷起来，点火啜吸着。在夏天的天黑以前，散步的背袋里放一本书就叫作《天黑前的夏天》。指涉之物与字词同步，一日里的毛边就好像可以被排排梳理得整齐了。我想在这样的傍晚剪一颗干净的短发，把春日里遗留的多余指爪剪净，却很难做到。因为天黑往往是一瞬间的事。常常在一个散步中途的微微发怔里，白日说塌便塌。夜已在回家的路上了。

这样的时刻或许应该搭上迎面而来的随便一辆公交车，毕竟这里是巴士到哪都十公里免费的城市，鼓励如班雅明者的漫游。但三十岁的我竟再也不能像二十岁的时候，从木栅深处的学校被236咖啡杯转盘般地抛掷进了城，在公馆小岛般的公交车站上，搭上拦腰而来的一班往哪里去的车。往哪里去都好。反正不知道该去哪里。年轻的时候，地点是多么不重要的事。因为多的是虚掷浪投的时间。空荡荡的黄昏车厢里，那些下班的疲惫女子都去了哪里了？想来这必是一冷僻的班车路线了。公交车愈驶离市区，窗外的风景便愈发阴暗了下去。隔着深咖啡色的透明窗玻璃，看不出天色究竟是黑了没有。不知道为什么，那样的时刻里我总是有一种安心的感觉。觉得天黑的将临与这绵长的夏天，都像是这不知终点为何的公交车，可以漫无止境地延长下去，一直开到二十岁的尽头。

据说住在高纬度的人们因为太阳照射角度的缘故，夏日的白昼拉得极长极长。他们在六点钟从工作的地方下班，在八点钟仍一片晃亮的街道上堵车，购物，撑防晒阳伞。然后在十点钟稍微有点黄昏光谱的小酒馆里喧笑着吃晚餐。多出来的五个小时剪刀一样地裁去了黑夜，置换成偷来的白天。这个传说的可怕之处在于那漫长的夏昼自杀的人口据说远远高于冬日的永夜。为什么非要选在这样明亮的白日里死去不可呢？有一个画面始终留存在我模糊的脑海，是一群白衣的人空着一双黑压压的眼窝在昼光里徘徊。鬼魂也似。赖活的长昼原来不比孤独耐烦。而那高纬度地方撑着到午夜才吃上这样一顿晚餐的人，想来也是经过一番跋涉。

其实年轻时我非常厌弃夏天。起因是青春期时的各种过敏皆跟夏天有关。这些过敏的巅峰发生在大四夏天，某日开始皮肤的表层忽然无预警地疯长起海滨植物般的高大荨麻疹。这麻疹来的时间极怪，每日固定在早晨十点钟闹钟般地响起，且固定在下午两点钟左右消退，简直充满霸占的意志。这些凸起的藤蔓从手臂皮肤一路蔓延向头脸，最终抵达了心，让人几乎废黜了各种机杼。因而那之后我几乎对所有夏日高温湿黏的白昼感到一种不怀好意的咒诅，暑假必迟睡至天黑才起床。逃避似的回避掉夏日漫长的白昼，而后在过短的夏夜里，把一日理应完成的工作赌徒般地押上。这状态在二十几岁初搬进盆底的城市时达到极致，且积累恶习，终成为我至今仍毫无办法的作息。那时我蜗居在指南路往山上的一条斜坡。坡道底下的地下室套房,专租赁给没有脸的人们。不知是地底恒温的恩赐还是什么,那石窟般的房间冬日潮湿而温暖,夏日则冷凉一如石室之死亡。这冷凉的石室在整个漫长的夏日里,薄鳞般地覆盖着我的皮肤。学校附近的学生们在这空得几乎要掏出洞来的假期里,皆草原马鹿般地原地大批消失了,只有亮晃晃的街道,曝晒着发光而蒸腾的柏油。地面是那因烘烤而卷曲的城市,海市蜃楼般地。我把自己终日闭锁在阴凉的地底,直至天黑,而终致将自己的鳞片荫成了一种过曝的白。

过曝的白。五官腌制在地底房间的瓮里,日久竟也成了一种永生花似的纸白。日光下一捏就碎,凹折锋利且刮人,如同年轻的自己。二十数岁的夏天原来是过不完的。比如手里拿着六十张钞票,一日随性纸屑般地丢掉一张。洋洋洒洒的白日是这样长而挥霍,是不与世人共挤同一匹机杼的宽绰。保自己仍有在天黑以后的夏天里,一片一片整理鳞片水渍的可能。

然而,三十数岁以后,背袋里莱辛的《天黑前的夏天》,其实是另一则跟夏天有关的故事。伦敦郊区的一个再普通不过的主妇女子,暑假来临,孩子与丈夫都各有计划,但这些计划没有包括她。他们的房屋要在假期里出租，且租赁人家即刻将要到来。女子忽然惊觉自己原来是一可有可无之人，眼前的夏日遂空旷得像是悬崖了起来。于是她踏上了一个人的旅程。在历经了天黑之前展开的冒险与故事后，有了一个几乎所有离家出走的主妇最终在小说里皆要踏上的终局：提起行李箱，走到公交车站，回自己的家去。《天黑前的夏天》原来是关于一个在夏昼里醒着的人，如何挨过漫长白天的故事。

我想起童年时住在亚热带的南方，一年里四分之三的漫长夏天，长而又长的白昼，黄昏时烤得门前的柏油马路都热融融的。母亲为了不让父亲下班后与朋友去应酬喝酒，总会在傍晚四点钟左右的时间，将我从午睡的惺忪中摇醒，要我打电话到父亲的公司去。

"告诉爸爸说你生病了。叫他快点回家。"母亲命令我。

几次以后我终于生气地拒绝了母亲。严正地说：

"我没有生病，我不要打这个电话。"

天黑前的夏天，甫过三十岁的母亲，那时在想些什么呢？在天黑前的夏天，沿着一条逐渐发暗的道路散步回来。二十数岁的夏天，奢豪地在地平线的彼端燃烧殆尽，终于烧成了天黑之际，最后一抹蓝悠悠的光。而那些电话的彼端，和我们共度同一个日暮的父亲，又在想些什么呢？父亲总是在话筒的彼端说：很快我就回去了。是在许多年以后我才知道，这话并不是对我说的。

故乡的重量

寺山修司的电影，陪我度过了二十世纪最为晦暗的时光。不单单是因为那些彩虹颜色的画片，流浪马戏团。面涂白粉的气球女来到我昏昧的梦中。是寺山的电影教会了年少的我，只有在没有光的地方，梦境才会发散出那种琥珀色的光泽。

梦里是燠热的南方。是我所来的故乡。不是寺山的东北。

我第一次去日本时，就想去青森。想去那有着血色湖泊的恐山，如同电影里说的："在土里不断掘出母亲的梳子。"二〇〇〇年年初在重庆南路的秋海棠（现已倒店）买回来的片子，简体版的翻译读起来怎样都有一种意味不明的感觉。什么是"掘出母亲的梳子"？那是诗吧。是那中国版的翻译体不经意流泻的诗意？还是同样持有诗人身份的寺山对母亲的低喃？后来我没去成青森，去了一趟东京。在谷根千的下町一带闲晃时，不经意绕进了某座有着户外楼梯的公寓，竟就这样撞见了名为"天井栈敷の人々"的吃茶店。

谷根千的午后一派无人，吃茶店的白日休业，我弯低下身，从紧闭的玻璃门窗向内窥看，却只能在反射的光影中，看见自己倒映在窗上的脸孔。四十七岁死去的寺山修司，会知道这个他生前所创生的剧团，已然改头换面，重组为"万有引力演剧实验室"，一代一代的剧团演员离开、死去，而迄今仍在不断重演他当年的脚本吗？我记得那些剧场式的短篇电影《疱疮谭》《身毒丸》《番茄酱皇帝》，都有天井栈敷的踪迹。如同他每部片中都如影随形的配乐师 J. A. Seazer，新高惠子与兰妖子女妖般的歌声（啊"兰妖子"这名字也多么魔幻写实），还有那部迄今已被我翻看得光盘磁面皆满布刮痕、几乎背诵得出台词的《死者田园祭》？腰间缠绕着青蛇的女人，侏儒，坐在电线杆上的男子，飞坠的时钟，死去而下体流血的水手服女孩……

　　那不仅仅是寺山修司的自传，有时竟也在影像的恍惚之中，而被移植成了我的。如同电影里的男人所说的:"用这双眼睛看着，即使没发生过的事，也能出现在记忆之中。"雷阵雨下来之前，有一个化鸟一样的男子，鹄一样地伫立在矮窗前。矮矮的林投树丛像猫一样地蹲踞着。一切都荫翳了下去。这是我真正见过的风景？还是那反复的述说里，借由我的话语所招来的梦境？

　　年轻时的我总迷惑于那些榻榻米下的恐山，仿佛通往另一个次元的路径。更年幼一点的我也和寺山一样，住在南方某一偏远小村，日夜怀抱着离家出走的梦想。午夜的被窝是幻想的山洞，在睡眠袭来之前，有船停泊，船上的人问我："要不要一起去很远的地方？"梦境挟带着睡意就这样恍惚地开始了。日后在《幻想图书馆》里读到，年少时的寺山因为父亲离家去作战，于是每每在村子里遇见那种因战争而四肢皆被截去、像虫一样活着的男人时，总将他们想象成是父亲的模样。

　　父亲大概是戴上面具、涂抹粉彩，跟随马戏团重新回到这里来了。而那另一个远在记忆之初的无脸的父亲，则刚从他的画布里离开（他也许出门散步去了）。永远不在。永远地遗失与空白。日后我在学院里的写作课上恍然领略,不在场的事物就是诗。所谓的诗,就是鬼魂。而母亲呢?母亲像是这鬼魂般的故事里沙沙作响的阴霾与噪声,一片乌云那样地干扰着虚构叙事的行进。白日忽然被遮蔽了。年少的主人公"我"被成年后的"我"派去杀死母亲以改写自己的历史,此一行动失败了。成年的"我"独自回到老家,与母亲日常一样地对坐吃饭,仿佛什么也没发生过。寺山借电影主人公的自问:"无论怎样都下不了手,所以这仅仅是电影罢了。""但在仅仅的电影之中,连一个母亲都杀不了的我自己,又究竟是谁呢?"这个看似挫败的宣言,其实是推动着寺山那表演性强烈的虚构叙事一次次卷土重来的影像驱力罢。杀不死的母亲。图腾般的原初影像。生命最初的拉锯与搏斗。在写作的荒原上。《死者田园祭》的最后一幕,是老家的四面墙壁箱子般地打开倒下,"我"与"母亲"所对坐的,已然是二十世纪七〇年代高楼矗立的东京街头了。

我不知道我的写作朋友们在这一幕前,是否也和我一样,像忽然被什么哽塞?他们是否也曾在自己的抽屉里,藏匿过一枚黑太阳?那样一枚做坏似的黑色太阳,赝品一样地在白日里缓缓爬升,爬上了正午的天空,像是天空里忽然破掉的一个洞。它的存在就是它自己的消失。在那遥远的山边老家(柏拉图的洞穴里?),阴暗的老旧房子,当我第一次学会"幻想"这个技术时,童年的我究竟学会了什么呢？感觉不幸的事，幻想它快乐就可以；那么感觉痛苦的事，在睡前的脑海里，把它杀掉也可以。有时我幻想整个世界的人都死掉了。末日来临。学校死掉。老师死掉。同学一个接着一个死掉。故乡的草木倏忽凋萎衰蔽……还有父亲与母亲。脑海里浮现母亲死掉的画面时，我"啪"一声地关上了幻想的箱子，忽然涌上羞耻与罪恶。

每年都在课堂上放这部片。《田园に死す》。我的学生看完都问我，老师你有什么事吗？他们惊诧于电影混乱的叙事，恐怖的意象，对于片尾少妇强暴了少年的性启蒙觉得不忍卒睹。他们十八岁，出门远行。台湾那么小，高铁那么快，十八岁出门远行也是一日生活圈。故乡已然是个过气的词汇。

可是我始终记得，十八岁时看的那部电影里，寺山的短句："拿吸过的烟草指向北方；北方若是暗黑的，就看不到故乡了。"烟草的前端燃尽蒂落，终成一截灰烬，是故乡的重量使之坠落？在名之为前卫、实验的寺山的电影里，梦境理应轻盈。然而拨开诗与梦的云雾，那伸出手去什么也抓不到的内里，却有着铅锤般重量的核心。故乡是个永恒的梦境。尽管它有时挫败得像个噩梦。像有谁拿着一把袋子将我兜头罩下。感觉窒息的时候，我有时就用烟草指向南方。

花事了

我童年时识字极晚，是到了小学以后才学会写自己的名字。识字多了，总觉得每个字都是一个人的形貌，不可随意搬动，具有绝对性。瘦长胖短。"花"字就是两枝插在瓶里的花，"童"字上的"立"字则是小学生戴了顶黄帽子。有时字看得久了，笔画撇捺全火柴般地散了开来，忽然不像那字了，童年时的我经常盯着宝特瓶上的一两个字看，把它们看成不像它们自己后再全部丢弃，这是我孤僻的年纪里只有我自己一个人知道的游戏。

　　长大以后搭车，在国道上看那些路上的汽车。那些车子的车灯久看也像一张脸，而且真的是各有愤怒或急躁的表情的。有些车一看像是好人，充满善良温驯表情，果然闯起红灯也慢吞吞地。常言说文如其人，我却常觉得车子有车子自己的心，不是车肚子里的我所能知道的。

　　而长年在键盘上驾驶着字的我，又是什么呢？我常把这两件事搞混在一起，把自己弄得纠结莫名。不知为何打字这件事对我来说总有一种开车的感觉。我常觉得字里洞开着一个体腔，既属于我，有时又不属于我。有时这体腔黏膜黏合着我，使我变成它的一部分，我也就变成了字的心。驾驶着它。车速快了，犁了田，把自己弄得痛了。是字使我疼痛。如同跳舞。你该如何去分辨跳舞的是脚还是你自己？也许写作这工作有点类似一种体操。我日日面对的一片反光的空白 Word 就是操场。书写是劳动的一种。

　　长成需要工作的年纪，实是难以向人去交代这究竟是一种怎么样的劳动。他人看你劳而不获，老向你究极字的价值与意义。学生时代仍可蒙混过去，毕了业，踏出校门，总有一张切切实实的表要填。表格上的抽屉各自归纳着某一时期你所做过的所有事。

然而这劳动实绝大多数时光皆如卡夫卡的绝食表演者，日常里做着那叫不出名字的演出。表演什么？表演饥饿吧。绝食表演者说如果我还能表演别的，我绝不表演饿。每天我起床，切开热水瓶的加热按键，在书桌前听那滚沸的声音慢慢醒来，在蒸气的雾里触摸字，感觉一种腔调慢慢降临。这究竟是一种工作？抑或一种日常生活？我愿意比较好的说法是这是生活里刨挖开来的一个凹洞，把我一根肥大浑圆白色萝卜般地密密镶嵌进洞里。没有缝隙。我的里面就是外面。于是我是如此眷恋着那些写作时光里房子里的一切物事。房屋不必华美，但需要密闭如同纸箱。箱中洞开一个体腔，我可以俄罗斯娃娃般地打开一个又一个字做的罐子，把心一层一层地掩埋起来。如同信号。夏日里开一小扇窗，能眺望晴而高的天空。冬日则必有暖炉。不为温暖，而是炉子里发散的昏黄光线之故。地板必须有猫长年横躺瘫痪，最好昏迷。我每日买回一冰箱的优格与茶叶袋，冲泡式浓汤（这东西在某次京都旅行的超市偶然被我带回了整整一行李箱），便利商店水煮茶叶蛋（我有时真的过分依赖这个便利的蛋白质），保我永世无须出门，不用超度。某一自给自足地。

我最好的写作时光，是在木栅深处的一条河旁。无有友朋，无有应酬。想来那奢侈的两年没写出多少字来，但真是把时间当作纸钞那样日日挥金似土地，一日一张地耗费着的。

晨时入睡,黄昏起床。在夜半的河边散一小段长长的步,一直走到动物园的长颈鹿烟囱底下,再顶着整片星星的夜空回家。什么都没写的夜晚,却感觉什么都已经写了。说到底书写不过是一种立地。是脚下的一方土地踏踏实实地站得稳了,说自己的话。成不成佛端看放不放得下屠刀。又或者刀刀砍的最终是自己,箱里来的箱里去。

于是那箱子表面的雕花纹路,便是用这日日敲打的十根指头,一根一根地踩踏出来的。伴随痛感或快感,更多时候是一种晕眩的旋转。我想起小时候父亲买给我的八音盒子(对一个十岁的小孩而言它究竟是一种玩具还是一种祈祷?),打开来就有一个站立着的芭蕾舞者,永远旋转,永远歌唱。在盖上箱子的瞬间,她安静了。

她安静得像是从来没有存在过。喉头锁得很紧。齿轮松脱。身体骨架"咔啦咔啦"折叠在箱底。那么我又是谁呢不唱歌的时候?这问题如同八音盒里的一颗齿轮去问芭蕾舞者:我是不是你的心呢?桃乐丝的伙伴机器人。体腔封闭着体腔。如果心是声音。我喜欢的歌手唱到了三十六岁,洒脱挥手:如果我不唱了,请把我忘了。

最后一首曲子停留在《花事了》。唱盘的指针停滞，毕竟开到了荼蘼，便是意义的终局了。如同那些遗留下来的字，在几次搬家的纸箱里，被河流般地流送到下一个房间。像是大队接力。像小时候综艺节目里玩的一个游戏：将一句话从队伍的最前方不断传下去，啊多么九〇年代的笑话，它们最终在话里变成了另一句话。像是从黑色的魔术箱子里抓出了鸽子与兔。那变化本身比家具更为坚固，有时像是回忆的一种骨架。你曾经爱过的人想起他的五官起伏如同等高线地形图，他的脸像一句话被从队伍的最前端传来，每回忆一次他的鼻梁便倾塌了一度。但他老旧的灰色 MANGO 毛衣外套沾染着纸烟的气味，袖口脏污的颜色，黑颜色的两个发旋，不知为何，却像是一个谎般地被留存下来了。我年轻时代的纠结：字最终不过是一种比较清澈的谎，带来一种比较清澈的罪。它们日日在我童年的日记里游戏，编造天气。不存在的晴日的郊游，体育课的短跑比赛，永远无人出局的躲避球游戏，一个未曾谋面的朋友。如今想来，那或许是写字的开始？但我想不起童年时代的某一个下午，我究竟把最初的心，像时空胶囊般地存放到哪一个字里去了。如今那字散落凌乱地遍布在我日日操演的计算机荧幕之上，像面涂白粉的能剧之人，混进了愈来愈多的棋子般的脸里，使我愈发混乱而分辨不出了。

年与它的剩下

　　高雄的冬日很晴朗。草木在山坡上黄黄的,被夕阳晾得好干好干。我们去加水站买水的时候,就会途经那一片坡。黄昏的日光斜斜地晒进缝隙,把草丛变成了手指,可以遮掩眼睛。我们投币,十块钱在加水站的机器里发出清脆的"哐啷"声。好像许愿。好像许一个愿去祝昨天与今天没有任何的差别。四周的风景薄薄的,土地公庙矮矮的,冬日的尽头就被吞含在地平线里了。

　　高雄的过年究竟是什么呢？偶然被问到这个问题时，微微地发了怔。不仅仅只是因为那昏昧而模糊的界线，常常把时间的线条涤荡开来；在许多回忆里，我的确是像一只金黄色的老猫那样地，懒散地被那烘烤得太暖的日光给渡进了另一年的。不需返乡移动，不需国道塞车，只要趴着懒着，因为我们自己就住在他人的老家。过年是一种收集硬币人头的概念。吃角子老虎机那样地。叔叔一家。姑母一家。袋子一样地把他们暂时收起来。单位的聚集。单位的移动。好像五块钱硬币一叠。十块钱硬币一叠。

　　小我半轮的堂妹堂弟们来时，老有一种尴尬的气息。他们来时都穿戴好新衣了。只有赖床刚踏出房门的我，穿着居家的睡衣，很害羞地赶快躲进了浴室里。我曾经在多年以后的一位朋友那里，听说他过年回南投老家时，总忍挨着两天不洗澡的事。"老家的浴室很旧，有一种肥皂混合着地砖裂缝的气味。闻着像土，又有一种土腥味。"我没有跟友人说，我就住在那样的老家里。不知道从城市远来的堂弟堂妹们有没有害怕过这房子里的一间厕所，一幢昏暗的房间。有几年那房间里躺着老病将死的祖母。年有时也是挨着过去的。

无论如何，除夕的夜晚过后，这些人头硬币，遂随着午夜十二点价响的鞭炮声，一一地远去了。餐桌上杯盘狼藉，都是残羹余烬。屋里变得异常安静。只有春节的电视节目还在持续地上演着。总是张菲。总是胡瓜。年好像这一刻才真正开始。这些剩余的菜肴在往后的几天里，必须加热，必须重新被煮，增添新的丸子与白菜。必须被烘煨得像是浸炖了一整个冬天的氤氲。年是剩下的东西。

剩下的日子。彼时是父亲还尚年轻的时代。我们总是在新年的第一天里，开车到处旅行。父亲有一台浅蓝色裕隆车。有一年我们开它上梅山。有一年我们在阿里山的下山途中抛了锚，在公路的路肩搁浅着等一台经过的便车。在父亲的小小车厢里，他总是边握着方向盘，边提议等下去哪个地方拜访谁谁谁吧。而总是被母亲以"你就是这么爱打扰人"回了嘴。母亲其实是不想别人来打扰她。她很烦过年。

尽管如此，高雄的过年是很干爽的。有时像是一把利落的剪刀。我们回到了外婆家。在大年初二的时候，别人的老家也成了我们的目的地。这真像是一种交换幸运信的游戏。年节的消极性意义是：把自己转寄给十个人，就不会有不幸的事发生。外婆家在隔壁镇上，一个古名叫作"老鼠洲"的地方，四周种满芭蕉。在蕉园里的弯曲巷弄中，有时外婆会被发现在某一幢低矮的房子里，和村民们玩着一种叫作"老鼠牌"的游戏，而和初初回家的女儿母亲，因此有了细琐的口角了。据说冥王坐四宫，家也会是一场赌局。而年与赌局，何尝不是一种剩下呢？我和妹妹，于是在那干爽得像是压花的天气里，慢慢地移开，慢慢地，从这条巷弄晃荡进另一条巷弄里，远离了那蕉园屋子里细碎的争吵声。芭蕉园静静地，偶尔听到蕉园里有谁踩踏着铺在泥地上的灰白塑胶垫的声响，窸窣窸窣地。那是被节日所剩下的什么东西？

这些都是刺点，穿刺在一张没有时间标记的照片里。银盐的颗粒使它显现。只知道是过年，却从不知道过的是哪一年。那时父亲真是年轻。我与表妹真是小。姑母家的磨石子地板磨得黑而发亮。父亲就这样在那张相片里，抱着穿戴着金黄厚棉背心的我，穿过了一年又一年，直至他的膝盖再不能弯曲。只有某些东西被留下来。年节里，我最喜欢的，还是大年初八的深夜了。可以不必在规定时间上床睡觉。可以在电卷门放下来后的屋子里，看母亲在只留一盏黄色灯泡的厨房里煮甜糯的汤圆，炸油香的红豆年糕。

初八一过了午夜，就是天公生了。莫名地，从远处的村口，会传来渐渐靠近的鞭炮声。我童年的年节,好像年年都在此刻结束。以洪亮的声响,遮掩着年的凸起与凹陷。将它们炸得很干很平。年结束的时候,比它开始时来得让我兴奋。我好像一直都是一个这样的孩子。在开始的时候漫不经心,等到所有人都疲倦了的时候,才忽然缓慢地高兴起来。新年快乐!新年快乐!不知是迟钝还是少了一根神经。冬日结束前,还有一哩[1]路要走。不快乐是不行的。

---

[1] 哩:长度单位,1哩约1609米。

妻子的猫

有一个男人，他的妻子养的猫得了肾脏病，快要死了。男人的妻子很伤心，每天都哭泣。男人出门工作时。妻子坐在沙发山哭泣。男人回家的时候，妻子还坐在那里。没有开灯。整个屋子黑漆漆的。他的妻子占据了黑暗里的一角，看起来像一只巨大的猫。

男人试着告诉妻子，这猫已经很老了。死亡是必然的，而且猫的寿命本来就比人类短。但妻子并没有因为这样好转，甚至还生起了重病来。没有多久，妻子就死去了。留下那只肾衰竭的老猫。因为妻子的死来得太突然，男人有点无法接受。于是在妻子火化之前，他就偷偷剪下了妻子的一截长发，放进丧服的口袋里。

男人依然每天出门工作。他出门时，那只猫坐在沙发上盯着他。他回家的时候,那只猫还在那里,房子理所当然没有开灯,黑漆漆的。男人在玄关旁脱鞋,还轻声叫唤着猫的名字,可是黑暗中,猫没有应答,甚至连尾巴也没有挥动一下。男人想,猫会不会已经忘记自己的名字?这只猫只有在妻子叫唤它的时候,才会表现出亲昵的样子。而妻子死去后,它经常一动也不动地趴在屋子的角落。

猫的医生告诉他,它的病情很危急,且没有可以治愈的药。这个期数的肾脏病通常拖不过九十天。可是妻子死去第九十天、一百天……许多天过去了,猫还是好好地活着。偶尔呕吐,腹泻(这些都是肾衰竭的病征),它都在砂盆里解决,从没有带给他麻烦。也许猫的身体太小,所以即使肾脏只剩下百分之十的功能,也能维持基本的运作吧。理论上这是不可能的。于是男人想起妻子活着的时候经常对猫说,下辈子请跟我结婚。男人想,猫可能不知道妻子已经死去的事。

有一天,男人要出差工作,不能没有人照顾猫。于是男人工作上的一个女同事就来家里照顾它。那女人的头发很长,有一头棕色卷发。男人从南部回来的时候,女同事已经回家去了,但男人却在浴室里发现一条发带。他把发带放进包包,想在隔天上班时还给她。但这时猫却一反常态地走过来,钻进他的公事包里,把那条发带叼走了。

男人有点惊吓。因为这是这只猫在妻子死后,第一次对他表示主动。它的胃口极差,连罐头也叫不动它。但这时却兴味盎然地走过来,甚至叼走了一条陌生女子的发带,这是为什么呢?猫的步伐很轻快,可能是生病以来最轻快的一次了。简直像是叼到了老鼠般地。男人跟着猫的脚步在屋子里跑了起来,跑进了妻子生前工作的书房。

他扭开灯,猫已不知趁着黑暗,钻到书房的哪个角落去了。屋里的空气忽然安静下来,简直还可以看到灯管下因启动电源而微微颤抖的灰尘,从天花板洒落。男人忽然发觉,这是妻子死后,他第一次进到这个房间。

这个房间在整栋屋子的最底边。隔着浴室与他们的睡房,是男人在这间屋里生活动线的结界。妻子的书整齐地摆放在架上。他想,妻子活着的时候,他就极少进到这里来。这是因为妻子有洁癖的缘故,总要他回家后先去洗脚,再进到房里来。冬天的瓷砖地板很冰冷,他索性不再进到那里去了。日子久了,他有时会忘记家里还有这个房间存在。

但这时猫却消失在这个书房里。它显然比他还要更熟悉这里。壁橱与书柜堆满妻子的杂物与图鉴,虽然整齐,但实在太多(他的妻子是一个植物学家)。他听到猫喵喵地叫了两声，挑衅似的。但男人找不到它。

反正饿的时候，总是会出来的吧。男人想。他悻悻然地回到了自己的房间，跟往常一样的冲澡，看电视，睡觉。

整个晚上，男人都听到隔壁的书房传来砰砰砰的声音。像有人在拍打墙壁。声音很大，不像是猫会发出的，何况那还是一只肾衰竭的老猫。但这个屋子除了他与猫以外，就没有其他人了。那会是妻子吗？

半夜里男人终于忍不住起身，在黑压压的走廊尽头，看到那只猫，就在通往阳台的那扇门旁，不断地用脚掌扑打门板。男人走过去抱起它，想安抚它的情绪，但猫很快地从他怀里挣脱，又跑到厨房里的另一扇门，在门边十分可怜地嚎叫着。

男人忽然意识到，这只猫想要出去。它整个夜晚发出的声音，就是敲遍整个屋子每一扇通往外面的门。他想起妻子告诉过他，猫快要死的时候，就会离开家里，到野外去，找一个地方把自己藏起来，然后在那里慢慢死去。

因为意识到这件事，男人马上把猫抱起来，放进衣柜里。然后紧紧地关上衣柜的门。这时是凌晨三点钟。男人已经非常疲累了。他坐在衣柜旁瞌睡起来，摇晃脖子，一直到天亮才醒过来。有一个东西在他的脚边，让他在惺忪之间迅速清醒。那是昨夜被猫叼走的发带。男人这时才忽然想起猫被他关在衣柜里的事。

他十分担心猫是否在里面便溺甚至呕吐，于是赶忙打开衣柜，想将猫给放出来。可是衣柜里什么都没有，他的妻子的衣服与首饰早已分送给那些想要遗物的亲友了。衣柜里松垮垮地挂着几件他自己的衣服。看起来就像一些白色的鬼魂。

猫到哪里去了？

男人在天刚亮起来的屋子里到处找猫，包括那间妻子堆满植物图鉴的书房。晨间的光将屋子染成了一种淡蓝色。那种蓝色让家具的轮廓变得十分浅显。可是无论男人怎么找寻，也找不到那只猫。房子的每扇门窗都紧紧地关闭着。那么猫呢？猫会到什么地方去了？

男人想，妻子已经死了，这只猫无论如何不能消失，要不然妻子可能就会永远从世界上消失了。他非常后悔进到妻子的书房。他想，猫大概已经知道妻子死去了的事了。从一个陌生女子进到屋子里来，猫就这样知道了。妻子十分宠爱这只猫，什么事都会告诉它。

男人将发带拿到办公室，还给那个来照顾猫的女同事。

女人诧异地对他说,这不是我的东西。

你看,上面有一根黑色头发。女人说。而我是棕色的。

是吗。男人没说什么,下意识地把发带放进了衬衫胸前的口袋,并且从那里摸出了一撮乌黑的头发。

没有的生活

出版统筹：新华先锋
出版策划：王　铭　木易雨田
特约监制：林　丽
营销统筹：杨文璐
版权运营：曾　丽
策划编辑：宋亚荟
责任编辑：俞滟荣
封面设计：吴黛君
封面绘图：吴黛君
版式设计：吕文晓
责任印制：李　静

天猫旗舰店

京东旗舰店

当当自营

微信公众号

投稿邮箱：tougao@cooldu.com
新浪微博：@先锋读书会（免费精品好书天天送）